John Gay

Fables of Mr. John Gay

John Gay

Fables of Mr. John Gay

ISBN/EAN: 9783744767934

Printed in Europe, USA, Canada, Australia, Japan

Cover: Foto ©Andreas Hilbeck / pixelio.de

More available books at **www.hansebooks.com**

FABLES

OF

Mr. JOHN GAY,

WITH

An ITALIAN Tranſlation,

BY

GIAN FRANCESCO GIORGETTI.

LONDON:

Printed for T. DAVIES, in *Ruſſel-Street, Covent-Garden*, BOOKSELLER to the *Royal Academy*.

M DCC LXXIII.

THE

PREFACE.

IT must afford Pleasure to the Admirers of a favourite Author, when they find that his Works are in no less Repute abroad than at Home. They hence become more and more certain that their Applause is well grounded; and gladly see the Extension of his Fame from Shore to Shore.

If

'If there ever was a Poet juftly entitled to this Kind of double Reward for his Labours, the ingenious, the elegant, the fenfible, the good Mr. G A Y, is one. His Pictures from Life are fo true, his Wit fo ftriking, his Manner fo eafy, and his Moral fo excellent, that he commands our warmeft Applaufe in Proportion to our Share of Senfibility.

T H E Editor of this little Collection does not mean to enter into a Difquifition on the Merits of the various Works of Mr. G A Y; nor even to beftow Encomiums on him as a Fabulift. He is too well known and celebrated to ftand at this Day in need of Praife. Suffice it to obferve, that his Fables, undoubtedly poffefs

fess that intrinfic Value, and thofe re-
quifite Qualifications which render fuch
Kind of Compofition perfect. He is in-
deed, in the Judgment of many, deemed
fuperior even to PHÆDRUS and LA
FONTAINE themfelves, in this Refpect,
that having equalled them in the Energy,
Concifenefs, and Elegance of his Num-
bers, he has befides the Merit of In-
vention. All his Subjects are his own,
whereas they copied theirs from ÆSOP
and others. Now Originality, pleafing
and perfect in its Kind, though it ftoops
not to claim, yet ftrongly attracts our
Admiration.

No Wonder then that our Author, who
may with great Improvement be read in
England

England as a Claſſic, ſhould alſo eagerly be read, ſtudied and tranſlated in *Italy*, that celebrated claſſic Ground.   Signor GIORGETTI, an ingenious *Venetian*, well verſed in the *Engliſh* Idiom, and a good Poet in his own, has undertaken the Taſk of tranſlating GAY's Fables into *Italian* Verſe, and has acquitted himſelf with very great Credit.   Compleat Editions of that Tranſlation, repeatedly printed and rapidly ſold, have given much Pleaſure and Delight abroad, (although at ſecond Hand) on Account of the ſterling Senſe and Morality which abound throughout theſe little Poems.

FROM the Taſte which prevails here at preſent for *Italian* Literature, the Com-

piler

piler of this Edition has been induced to make a Selection of Forty-two Fables out of the above Tranflation; and to offer them to the Public carefully corrected and revifed, with the Original on the oppofite Page. For the greater Convenience of his younger Readers, who may be glad of fuch an Opportunity of improving themfelves in the *Italian* Language, he has fo adapted the printing of the Original, that it exactly faces each Stanza of the Tranflation. And here the Reader will frequently be furprized to fee that fix Lines of the *Italian* are neceffary to fully explain the Meaning of two *Englifh* ones; a Proof of the Superiority of the Original over the Tranflation; and yet a Kind of neceffary Condition of a poetical Verfion,

of

of which the whole Meaning cannot be exhibited without Circumlocution. Nevertheleſs, Signor GIORGETTI will be found to poſſeſs great Merit, not only as a pure Writer of his own Tongue, but as perfectly acquainted with ours. It is therefore preſumed that this Volume may prove uſeful and entertaining to the Lovers of *Italian* Poetry.

SELECT

SELECT FABLES,

OF

Mr. JOHN GAY,

IN

ITALIAN AND ENGLISH.

B

FAVOLE SCELTE.

FAVOLA I.

L'Aquila, e l' Assemblea degli Animali.

Come l'occhio di Giove onnipossente,
   Onde le cose tutte a pieno ei vede,
   Mirava sotto il Cielo ampio e lucente,
   Il nostro Mondo, che nel mezzo siede ;
   D'esto umil, picciol globo alzarsi udio
   Di lamenti, e querele un mormorio.

Perchè ogni cosa ch' in se alberga vita
   D'aver si lamentava il peggior stato.
   Giove, poi ch'ebbe tal querela udita,
   L'Aquila chiama, il suo ministro alato.
   A lui dinnanzi staffi il Regio augello ;
   E i suoi comandi ei tosto affida a quello.

Ubbidiente,

SELECT FABLES.

FABLE I.

The EAGLE, and the Assembly of ANIMALS.

AS JUPITER's all-feeing eye
Survey'd the worlds beneath the fky,
From this fmall fpeck of earth were fent,
Murmurs and founds of difcontent;

For ev'ry thing alive complain'd,
That he the hardeft life fuftain'd.
JOVE calls his Eagle, At the word
Before him ftands the royal bird.

The

Ubbidiente, e pronto a' cenni fuoi
    Da le cime del Cielo ifpiega il volo;
    E'l rapido cammin drizzando poi
    Ver quefto noftro umil, e baffo fuolo,
    Ogni vivo animal s'udio citare,
    Che i voler del fuo Re venga afcoltare.

Creature ingrate, ci diffe, e d'onde vengono
    Tai lamenti, e ingiuriofi al Ciel cotanto?
    Quai fieno le ragion, da cui provengono
    Efti romori, m'efponete in tanto.
    Giufte l'eterne leggi fon di Giove;
    Ogn'un mi dica quai fpiaceri or prove.

Efponi in prima tue ragioni, o Cane,
    Che là ti ftai con trifto volto, e arcigno.
    Quant'io mai fudo a guadagnarmi il pane,
    E come fu con gli altri il Ciel benigno!
    Rifpofe il Bracco: oh quanto più leggiero,
    E quanto più di me prefto è il Levriero!

Ahimè mefchino! che con tardo paffo
    Le gran pianure, o pur l'erte montagne,
    E le profonde valli ogn'or trapaffo,
    U' fol ria fame, e fete hu per compagne;
    Con l'alba incominciar la caccia fuole,
    E fol finifce al tramontar del fole.

Tofto

The bird, obedient, from heav'n's height,
Downward directs his rapid flight;
Then cited ev'ry living thing,
To hear the mandates of his king.

Ungrateful creatures, whence arife
Thefe murmurs which offend the fkies?
Why this diforder? fay the caufe:
For juft are Jove's eternal laws.
Let each his difcontent reveal;

To yon four Dog, I firft appeal.
Hard is my lot, the Hound replies,
On what fleet nerves the Greyhound flies!

While I, with weary ftep and flow,
O'er plains and vales, and mountains go.
The morning fees my chafe begun,
Nor ends it till the fetting fun.

When

Tosto il Levriere prese a dire all' ora,
　Io sì che son poc' atto per la caccia;
　Ahi! che perduta è la mia preda ogn' ora,
　S' io non la veggio, e manca a me ogni traccia,
　La belva in pace è fuor de lo mio sguardo:
　Ma il Bracco è ogn' or sicuro, ancor che tardo.

S' io del medefmo aveffi il fottil fiuto,
　Non avria Giove udito i miei lamenti.
　Poscia il Leon de la Volpe l'aftuto
　Ingegno brama, e i fuoi fcaltri talenti;
　Mentre la Volpe brama fimilmente
　Del Leone la forza, e 'l cor poffente.

Il Gallo quindi defiar s' udiva
　Il rapido volare del Piccione;
　Di dar gran lodi già mai non finiva,
　A l' ali fue sì forti, prefte, e buone.
　Il Piccion poscia l' ali fue difprezza,
　E l' invitto valor del Gallo apprezza,

Erano i Pefci di guizzar bramofi
　Là fopra il fodo e ftabile terreno;
　Le Belve di nuotar pe' calli ondofi
　Un ardente defire avean nel feno.
　Così ogn' un, mentre invidia l' altrui ftato,
　La parzial deftra biafima del Fato.

L' augel

When (fays the Greyhound) I purfue,
My game is loft, or caught in view ;
Beyond my fight the prey's fecure :
The hound is flow, but always fure.

And had I his fagacious fcent,
Jove ne'er had heard my difcontent.
The Lion crav'd the Fox's art ;
The Fox the Lion's force and heart.

The Cock implor'd the Pigeon's flight,
Whofe wings were rapid, ftrong, and light :
The Pigeon ftrength of wing defpis'd,
And the Cock's matchlefs valour priz'd :

The Fifhes wifh'd to graze the plain ;
The Beafts, to fkim beneath the main.
Thus, envious of another's ftate,
Each blam'd the partial hand of Fate.

The

L'augel del Cielo all'or a gridar prefe
   Con alta, e chiara voce, e così diffe:
   GIOVE, che il fuo voler mi feo palefe,
   Spergere i malcontenti ancor prefcriffe.
   Rigetta il Nume il voftro pregar vano,
   Perch'è ciafcun di voi ftordito, e infano.

Forfe vorrefte, o torbidi ribelli,
   Cangiar del tutto il nome, e la natura,
   E veftir pofcia i fembianti novelli
   Di quella a punto medefma creatura,
   I cui pregi, e lo ftato io pure ho fcorto
   Da voi fin'ora invidiarfi a torto?

E d'onde vien che tutti or quì tacete,
   Nè veruno acconfente a quel ch'io dico?
   Siate felici adunque, ed apprendete
   Comentarvi del voftro ftato antico;
   Non vogliate imitar l'inquiete umane
   Menti, orgogliofe fempre, e fempre vane.

F A-

The bird of heav'n then cry'd aloud,
Jove bids difperfe the murm'ring crowd;
The God rejects your idle prayers.

Would ye, rebellious mutineers,
Entirely change your name and nature,
And be the very envy'd creature?

What, filent all, and none confent!
Be happy then, and learn content:
Nor imitate the reftlefs mind,
And proud ambition of mankind.

FAVOLA II.

L' AVARO, e PLUTO.

SPIRAVA a forte il vento affai gagliardo,
E ifcuotea le fineftre : a un tal romore
Salta l'Avaro già fvegliato in piedi.
Quindi pian piano fen va trafcorrendo
Per la folinga, e tacita fua ftanza.
Tal' or volgefi a dietro, e ad ogni paffo
Tutto da capo a piè tremar fi fcorge.
Ciafcuna ferratura, e chiaviftello
Con fomma diligenza attento efamina,
E guata in tutti li cantoni, e buchi.
Apre al fine il fuo fcrigno, il così amato
Suo fcrigno pieno di richezze immenfe,
E ftaffi come fuor de' fenfi eftatico
Là fopra l'ammaffato fuo denaro.
Ma quì forprefo d'improvifi fpafmi
Le man ei ftorce, e fi percuote il petto ;
E tormentato dal rio fprone, acuto
De l'agitata fua trifta cofcienza,
Va ftralunando gli occhi, e in fimil guifa
De l'alma iniqua e rea palefa i fenfi.

FABLE II.

The MISER and PLUTUS.

THE wind was high, the window shakes;
With sudden start the Miser wakes;
Along the silent room he stalks;
Looks back, and trembles as he walks!
Each lock and ev'ry bolt he tries,
In ev'ry creek and corner pries,
Then opes the chest with treasure stor'd,
And stands in rapture o'er his hoard.
But now, with sudden qualms possest,
He wrings his hands, he beats his breast.
By conscience stung, he wildly stares;
And thus his guilty soul declares.

 Had

Se ftate foffer nel terren profondo
   Ben chiufe le ricchezze, ch'or quì veggio,
   Efto mio cor dogliofo avria guftato
   Quella dolcezza, che ogn'or feco arreca
   Un animo tranquillo, e in piena calma.
   Ma la vertude in or fi compra a prezzo.
   O buoni, eterni Numi! e qual potraffi
   Mai trovar prezzo a compenfar baftante
   Que' tormenti, che feco arreca il vizio?
   O d'ogni bene micidial veneno!
   O trifto inganno, che i mortai feduce!
   E fia mai ver, che l'uom sì frale, e debile
   Isfidar poffa il tuo fovran potere?
   L'oro fu quello che dal core umano
   Pofe l'onore in bando, e d'effo in cambio
   Il folo nome n'ha lafciato a dietro.
   D'ogni mal l'oro in tutto l'Univerfo
   Sparfe il rio feme; e l'oro fu quel deffo,
   Che a la fpada infegnò de l'uccifore
   A vibrar colpi, e metter l'uomo a morte.
   L'oro ha i codardi ammaeftrato ancora
   Ne l'arte affai peggior de' tradimenti.
   E chi tutti potria ridirne i mali?
   Ahi che virtude più non regna al Mondo!
Così difs'egli, e traffe un gran fofpiro.
   Quando infiammato di furor, e rabbia,
   Pluto il fuo Nume gli fi feo dinante.

L'Avaro

Had the deep earth her ftores confin'd,
This heart had known fweet peace of mind.
But virtue's fold.   Good goods ! what price
Can recompenfe the pangs ot vice !
O bane of good ! feducing cheat !
Can man, weak man, thy power defeat ?
Gold banifh'd honour from the mind,
And only left the name behind ;
Gold fow'd the world with ev'ry ill ;
Gold taught the murd'rer's fword to kill ;
'Twas gold inftructed coward hearts,
In treach'ry's more pernicious arts.
Who can recount the mifchiefs o'er ?
Virtue refides on earth no more !

He fpoke, and figh'd.   In angry mood,
Plutus, his god, before him ftood,

The

L'Avaro all'or tremando, e pien di tema
Chiufe lo fcrigno ; ma l'apparfo Nume
Il bieco ciglio a lui rivolfe, e diffe.
E d'onde nafce queft'ingrato, e vile
Capricciofo penfiero, e que' lamenti,
Che tutti i giorni s'odono ufcir fuore
Dal labbro de i briccon fordidi Avari ?
Io dunque fono, fciagurato, indegno,
Colui che guafta de'mortali il core ?
Tutta la colpa ne la tua rapace
Alma rifiede, perchè fai mal ufo
De'tanti beni che a man larga io fpargo.
Io forfe effer ne deggio biafimato,
E di beftemmie oppreffo, e di rimproveri ?
Noi veggiam pur, che la vertude ifteffa
Cangiata vien da i trifti in bel mantello
Onde coprirfi, e fare il lor meftiere ;
Ed il potere, fe per forte avvenga
Che ad effer abbia di coloro in mano,
Tirannia faffi, ed oppreffione ingiufta.
Così quando un briccone empie il fuo fcrigno,
L'oro de l'alma divien la cancrena,
E fi fcorge pigliar le orribil forme
D'arroganza, avarizia, e fiero orgoglio,
Come pure d'ogn' altro indegno vizio.
Ma quando pofcia avvien che l'oro attrovifi

Ne

The Mifer trembling, lock'd his cheft;
The Vifion frown'd, and thus addreft.
Whence is this vile ungrateful rant?
Each fordid rafcal's daily cant?
Did I, bafe wretch, corrupt mankind?
The fault's in thy rapacious mind.
Becaufe my bleffings are abus'd
Muft I be cenfur'd, curs'd, accus'd?
Ev'n virtue's felf by knaves is made
A cloak to carry on the trade;
And pow'r (when lodg'd in their poffeffion)
Grows tyranny, and rank oppreffion.
Thus when the villain crams his cheft,
Gold is the canker of the breaft;
'Tis avarice, infolence, and pride,
And ev'ry fhocking vice befide.
But when to virtuous hands 'tis given,

It

Ne le mani d'un uomo vertuofo,
I ben da tutti i lati arreca, e fparge.
Del Cielo a fomiglianza ei pur afcolta
De gli orfani le grida, e da le ciglia
De le vedove afflitte afciuga il pianto.
Gli Avari dunque, le cui fordid' alme
A l'intereffe fi fon già vendute,
Rigetteran fu l'oro i lor delitti ?
In guifa tal potria lo Spadaccino,
Che ferito rimafe in dubbia mifchia,
Darne la colpa a l'inimico brando.

It bleffes, like the dews of heaven :
Like heav'n it hears the orphan's cries,
And wipes the tears from widow's eyes.
Their crimes on gold fhall mifers lay,
Who pawn'd their fordid fouls for pay ?
Let bravoes then (when blood is fpilt)
Upbraid the paffive fword with guilt.

F A-

FAVOLA III.

Il Leone, la Volpe, e L'Oca.

Un Leon già infastidito
De li gravi affar di stato,
E di quella, ond' è vestito,
Nobil pompa omai nojato;
Già cedendo a le punture
De le molte acerbe cure,

Quel partito saggio ei prese,
Che tal' or prende un Sovrano;
Da i rumor, da le contese
Ritirar si vuol lontano,
Onde in pace al fin gradita
Passi l'ultima sua vita.

Fu la nuova pubblicata,
E prescritto essendo il giorno,
La gran dieta ecco adunata
D'ogni bosco tutto in torno;
La qual poi di Vicerè
A un Volpone il nome diè.

Tosto

FABLE III.

The LION, the FOX, and the GEESE.

A LION, tir'd with ftate affairs,
Quite fick of pomp, and worn with cares,

Refolv'd (remote from noife and ftrife)
In peace to pafs his latter life.

It was proclaim'd; the day was fet:
Behold the gen'ral council met.

The

Tofto ancor gli altri animali
　　A incontrarlo in folla vanno ;
　　Gli onor tutti principali
　　In più modi a colui danno.
　　Già ogn'un chinafi umilmente
　　Al novello fuo Reggente.

Orfi, Lupi, e Tigri altere
　　Stangli in torno a far la corte ;
　　E in quel baffo e vil meftiere
　　D'adular con forme accorte,
　　Vanno a gara or d'incontrare
　　Più il fuo genio, e farfi amare.

Ritto in piè fi vede prendere
　　Certa grazia maeftofa ;
　　E per meglio altrui forprendere
　　Su la faccia penfierofa
　　La fapienza ei già raccolge,
　　Pofcia in giro il guardo volge.

Ciafchedun lo fpirto, e il fenno
　　Con ftupore a mirar viene ;
　　Ogni detto, ogni fuo fenno
　　Preffo a lor gran pefo ottiene,
　　Nè mai ftimafi effer fenza
　　Qualche feria confeguenza.

Ecco

The Fox was Viceroy nam'd.   The crowd
To the new Regent humbly bow'd.

Wolves, bears, and mighty tygers bend,
And ſtrive who moſt ſhall condeſcend.

He ſtrait aſſumes a ſolemn grace,
Collects his wiſdom in his face,

The crowd admire his wit, his ſenſe:
Each word hath weight and conſequence.

Tho

Ecco il furbo adulatore
   L'arti tutte già difpone;
   Mentr' è certo un gran Signore
   D'aver lodi a profufione.
   Quì una Volpe avanza i paffi,
   E a la turba a parlar faffi.

Come eftefi i fuoi talenti
   Sono, e fatti per un Regno!
   Che dirò di que' ornamenti,
   Che il di lui vivace ingegno
   Traffe in quelle onefte fcuole,
   U' vertude albergar fuole?

Quale appar Real clemenza,
   Nel fuo buon temperamento!
   Qual bontà, qual' innocenza
   Ne 'l oprar, ne 'l portamento!
   Le fue azion mai non direffe
   Vile, e fordido intereffe.

Non vedrem più la rapina
   Defolare il piano intorno.
   D' arte, e induftria foprafina
   Suo intelletto è pieno, e adorno,
   E fue voglie ha regolate
   Sol prudenza, e fol pietate.

Quai

The flatt'rer all his art difplays :
He who hath power, is fure of praife.
A Fox ftept forth before the reft,
And thus the fervile throng addreft.

How vaft his talents, born to rule,
And train'd in virtue's honeft fchool !

What clemency his temper fways !
How uncorrupt are all his ways !

Beneath his conduct and command,
Rapine fhall ceafe to wafte the land.
His brain hath ftratagem and art ;
Prudence and mercy rule his heart.

Quai trar dee beni, e vantaggio
   La Nazion, s' io il ver difcerno,
   Se un sì buon Miniftro, e faggio
   D' effa prende ora il governo?
   Quì fi tacque, ma in diftanza
   L' udio un' Oca, e 'l paffo avanza.

E così tratta in difparte,
   A dir prefe a le forelle;
   In qualunque tempo, e parte
   Innalzar altri a le ftelle
   Odo un furbo, a fchivar vegno
   Il fuo ignoto amico, e degno.

Quai s' udiro eccelfe lodi
   Dette in fua commendazione!
   Ma una Volpe in sì bei modi
   Fè d' encomio l' orazione.
   Ben le Volpi or poffon credere,
   Che ciò lor verrà a fuccedere.

Poffon ben, s' io fcorgo il vero,
   Riputar faggio, e felice,
   E foave il di lui Impero,
   Se un tal ben lor fi predice:
   Ma per noi queft' è il gran fegno,
   Che un Tiranno avrem nel Regno.

Qual

What bleſſings muſt attend the nation
Under this good adminiſtration !
He ſaid.   A Gooſe, who diſtant ſtood,

Harangu'd apart the cackling brood.
Whene'er I hear a knave commend,
He bids me ſhun his worthy friend.

What praiſe ! what mighty commendation !
But 'twas a Fox who ſpoke th' oration.

Foxes this government may prize,
As gentle, plentiful, and wiſe ;
If they enjoy the ſweets, 'tis plain,
We Geeſe muſt feel a tyrant reign.

Qual mai ſtrage orrenda, e triſta
Soffriremᵒ, qual crudo fato ?
S' ogni agente, ogni copiſta
Di Mercante, o Magiſtrato,
Come il ſuo buon guſto il mena,
Vorrà l' Oche a pranzo, e a cena !

What havock now fhall thin óur race,
When ev'ry petty clerk in place,
To prove his táfte, and feem polite,
Will feed on Geefe both noon and night!

FAVOLA IV.

La GENTILDONNA, e la VESPA;

QUAI bisbigli, e qual romore
   Sofferir non deon le Belle !
   Quali udir a tutte l' ore
   Scioccherie ftrane, e novelle !
   Poi che ovunque gli occhi aggiranfi,
   Gl' importuni in folla attiranfi.

Quando un folle atto, obbligante
   Non riufciffe a loro accetto,
   Mal gradito quel galante
   Crederiafi, e ancor negletto ;
   Refteria mortificato,
   Col tenerfi difprezzato.

Da li modi afpri lantano
   Soglion ftarfi i Cicifbei.
   Con un folo alzar di mano
   Una mofca io ben potrei
   Difcacciar ; non denfo ftuolo,
   Che mi cinga in torno a volo.

                       S' una

FABLE IV.

The LADY and the WASP.

WHAT whispers muſt the Beauty bear !
What hourly nonſenſe haunts her ear !
Where-e'er her eyes diſpenſe their charms,
Impertinence around her ſwarms.

Did not the tender nonſenſe ſtrike,
Contempt and ſcorn might look diſlike;

Forbidding airs might thin the place;
The ſlighteſt ſlap a fly can chaſe;
But who can drive the num'rous breed?

Chaſe

S' una ifcaccio, tofto in quello
    Loco i' veggio altra venire.
    Chi dà orecchio a un fciòccherello,
    Suo fratel già deve udire;
    E un zerbin nel fuo parlare
    L' altro fuol raccomandare.

Deffe quindi a gran ragione
    A foffrir fon poi dannate
    Quefta rea maledizione;
    Perchè facili fon ftate
    A badare, e dare afcolto
    Al primier che a lor s' è volto.

Clori un giorno a la toletta,
    Come ftarli avea in coftume,
    De lo fpecchio la perfetta
    Sua beltà mirava al lume;
    E fu quella attenti, e fpeffi
    Già facendo i fuoi rifleffi.

E nel mentre or penfierofa,
    Or di buono e gajo umore,
    Scioperata e neghittofa
    Via paffava le cald' ore,
    Una Vefpa pazzarella
    Volar prende in torno a quella.

Effa

Chafe one, another will fucceed.
Who knows a fool, muft know his brother ;
One fop will recommend another :

And with this plague fhe's rightly curft,
Becaufe fhe liften'd to the firft.

As Doris at her toilette's duty,
Sat meditating on her beauty,

She now was penfive, now was gay,
And loll'd the fultry hours away.
As thus in indolence fhe lies,
A giddy Wafp around her flies,

He

Essa innante il volo piglia,
   Poscia in dietro si ritira;
   Or la guancia sua vermiglia,
   Or toccare il collo aspira:
   Ed in contro a quel travaglio
   Niente a lei serve il ventaglio.

Le ripulse altro non fanno,
   Fuor che renderla più ardita.
   Ecco al fin con scaltro inganno
   Su 'l gentil labbro è salita,
   E a succhiar vien quindi fuori
   Ruggiadosi, dolci umori.

Clori quì la fronte increspa,
   E in tal guisa a gridar prende;
   Buoni Dei! da questa Vespa,
   Che così m' annoja, e offende,
   Me guardate in questo loco,
   Se umilmente or io v' invoco.

Certo d' ogni affanno, e male,
   Ch' a' mortali il Cielo invia,
   Alcun altro non v' ha eguale
   A la Vespa iniqua, e ria.
   Ma l' insetto in aria a volo
   Così espresse il proprio duolo.

He now advances, now retires,
Now to her neck and cheek aspires.
Her fan in vain defends her charms;

Swift he returns, again alarms;
For by repulse he bolder grew,
Perch'd on her lip, and sipt the dew.

She frowns, she frets.   Good gods! she cries,
Protect me from these teazing flies!

Of all the plagues that heav'n hath sent,
A Wasp is most impertinent.
The hov'ring insect thus complain'd,

Am

Io son dunque disprezzata ?
    E con biasimo, e disdegno,
    Da voi Dama sì ben nata,
    Me infelice ! accolta or vegno ?
    Potè un simile attentato
    In voi l' ira aver destato ?

La beltade vostra adorna
    Cagionò l' ardito errore.
    Quelle labbra, che sì adorna
    Di ciregia il bel colore,
    D'onde un tale odor fuor esce,
    Ch' assai grato, e amabil riesce ;

Quella guancia che innamora
    Col bel fior di giovinezza,
    M' hanno acceso in core, or ora
    Gran desio, somma vaghezza,
    Di gustar la miglior pesca
    Che fu unquanco, e la più fresca.

CLORI udito un tal discorso,
    E piacendole la scusa,
    Disse a GIANNI, ch' era accorso,
    Ferma il braccio, e come s' usa
    De le mosche a la vil sorte,
    A la Vespa non dar morte.

Am I then slighted, scorn'd, disdain'd ?
Can such offence your anger wake ?

'Twas beauty caus'd the bold mistake.
Those cherry lips that breathe perfume,

That cheek so ripe with youthful bloom,
Made me with strong desire pursue
The fairest peach that ever grew.

Strike him not, Jenny, Doris cries,
Nor murder wasps like vulgar flies :

For

Perchè ancor che fia la fteffa
    Importuna, e alquanto audace,
    Far le vo' giuftizia efpreffa,
    Ch' è civil, colta, e vivace ;
    Ch' effa in vero è per natura
    Gentiliffima creatura.

D' alta gioja or quì rapita
    Via fen vola, e ovunque giunge
    Suoi favor già vanta, e addita;
    Che guftò di Clori aggiunge
    Il migliore Tè, moftrate
    Labbra, e lingua inzuccherate.

Un sì fatto avvertimento
    L' altre Vefpe refe ardite,
    Che al di lei primier lamento
    Stavan fuore intimorite;
    E ficure d' incontrare
    Il fuo genio, eccole entrare.

Ver lei volano, ed han parte
    De i piacer tutti del giorno,
    E per l' aer con mufic' arte
    Scherzan liete a quella in torno.
    Or quà e là girando vanno ;
    Ora chete, e immobil ftanno.

Or

For though he's free (to do him right)
The creature's civil and polite.

In extacies away he posts ;
Where-e'er he came the favour boasts ;
Brags how her sweetest tea he sips,
And shews the sugar on his lips.

The hint alarm'd the forward crew,
Sure of succefs, away they flew.

They share the dainties of the day,
Round her with airy music play ;
And now they flutter, now they rest.

Or di nuovo alzano il volo,
    E trafcorrono il bel petto ;
    Ma ifcacciate ne fur folo
    Qual' or fcorfe con difpetto,
    Che le Vefpe han l' aguglione,
    E che pugnon le perfone.

Now foar again, and fkim her breaft.
Nor were they banifh'd, till fhe found
That Wafps have ftings, and felt the wound.

FAVOLA V.

Il Toro, ed il Mastino.

Se di bene allevar tu cerchi, amico,
Il tuo maggior diletto figliuolino,
In così grave affar uopo è che adopri
Ogni maggior cautela, e attenta cura.
E innanzi che t' arrifchi d' affidarlo
Nell' altrui mani, fperimenta un tratto
Quale fia il cor del fuo maeftro, e l' alma.
Far devi in oltre un ben maturo efame
Sopra li fuoi coftumi, e la fua vita,
E quelle mire a cui drizzò la mente;
Poi che da quefte offervazion diverfe
Dipender dee la tua futura fpeme.

Siccome un tempo tutto allegro, e in pace
Sen giva un Toro trafcorrendo in torno
Le fmaltate di fior verdi pianure,
Ecco un Maftino trapaffare a forte,
Che accefo a un tratto di feroce fdegno,
Dalle roffe pupille ifcaglia il foco,
E con fpumofa bocca infuria, e fmania,
Per quella ch' ha del fangue orribil fete.

Quivi

FABLE V.

The BULL and the MASTIFF.

SEEK you to train your fav'rite boy?
Each caution, ev'ry care employ:
And ere you venture to confide,
Let his preceptor's heart be try'd:
Weigh well his manners, life and fcope;
On thefe depends thy future hope.

As on a time, in peaceful reign,
A Bull enjoy'd the flow'ry plain,
A maftiff pafs'd; inflam'd with ire,
His eye-balls fhot indignant fire;
He foam'd, he rag'd with thirft of blood.

G   Spurning

Quivi co' piedi percotendo il suolo
 Quel monarca fermossi, alto mugghiando,
 E sì gli disse ; la pugna or sospendi,
 E s' hai la pelle in dosso sana, e intera,
 A dormir vanne, che già manca il giorno :
 O dimmi, pria che la zuffa incomincie,
 Quale mia ingiuria, e nuovo o antico torto
 Or ti spinge a venir meco a battaglia ?
 E' forse l' ambizion, che in simil guisa
 T' infiamma il petto, o pur quell' avarizia,
 Che non fa mai trovar riposo, e calma ?
 Mentre veggiamo sol da tai sorgenti
 Ingiustamente derivar lo sdegno
 De' crudi Regi, distruttor del Mondo.

Sdegnoso il Cane così a lui rispose.
 De la gloria il desio m' accende il petto ;
 E al par di quegli Eroi d' eterna fama,
 Nobil soggetto de' Poeti a i carmi,
 Io pugno sol per far d' onore acquisto.
 Del Macellajo, mio padrone l' animo,
 Che i miei spirti solletica, ed attizza,
 Sin da la fresca età mi pose in core
 Di sempre guerreggiar l' altero istinto.
 Ei m' ha allevato a le più eroiche gesta ;
 A vincer insegnommi, o a sparger sangue.

O

Spurning the ground the monarch stood,
And roar'd aloud.   Sufpend the fight;
In a whole fkin, go fleep to night:
Or tell me, ere the battle rage,
What wrongs provoke thee to engage?
Is it ambition fires thy breaft,
Or avarice that ne'er can reft?
From thefe alone unjuftly fprings
The world-deftroying wrath of kings.

The furly Maftiff thus returns,
Within my bofom glory burns.
Like heroes of eternal name,
Whom poets fing, I fight for fame.
The butcher's fpirit-ftirring mind
To daily war my youth inclin'd;
He train'd me to heroic deed;
Taught me to conquer, or to bleed.

G 2   Curs'd

O maledetto Cane, all' or ripiglia
    Crucciofo il Toro; io più non iftupifco
    D' efta rea fete, che del fangue or tieni:
    Mentre educato fotto a un vil Beccajo,
    Le cui man fempre fon di ftragi immonde,
    I giornalieri fuoi crudi omicidj,
    Che dinanzi a' tuoi guardi avevi, o trifto,
    Render ti deggion del maeftro al paro
    Di verfar l' altrui fangue ogn' or bramofo.
    Abbiati dunque quel deftin che merti.
    Sì diffe, e a un punto ifteffo dal terreno
    Con fiero colpo lo folleva in alto.
    Vola l' eroe con i piè ftefi a l' aria;
    Quindi fchiacciato a cader viene al fuolo,
    E con orribil ftrida ei giacque eftinto.

FABLES.

Curs'd Dog, the Bull reply'd, no more
I wonder at thy thirst of gore;
For thou (beneath a butcher train'd,
Whose hands with cruelty are stain'd,
His daily murders in thy view)
Must, like thy tutor, blood pursue.
Take then thy fate.   With goring wound,
At once he lifts him from the ground ;
Aloft the sprawling hero flies,
Mangled he falls, he howls, and dies.

FAVOLA VI.

Il Pavone, il Gallinaccio, e l'Oca.

A Ciaschedun fuol renderfi palefe
Di bella donna il menomo difetto,
In quella guifa che a la neve in mezzo
Picciola macchia ancor agli occhi appare.

Sì come un giorno da la fame fpinto
Certo Pavone d' un granajo appreffo
Pafcolando fen già con gli altri polli ;
Con invidiofo fguardo ogn' un l' adocchia,
E faffi beffa del fuo andar faftofo.
Ei ben fapendo quanto fopravanzi
Ogn' altro in merto, i lor motteggi ifprezza ;
S' ammanta di fua pompa, e dignitade,
E fpiega in faccia al fol le vaghe piume,
Ch' a fomiglianza de l' eteree sfere
Son fparfe di begli occhi a mille, a mille.
Que' raggi, ond' era d' ogn' intorno cinto,
E 'l fuo leggiadro e vario, adorno afpetto
In un momento vengono a confondere
Di tutti il guardo cui tal vifta abbaglia.

Quindi

F A B L E VI.

The Peacock, the Turkey, and the Goose.

IN beauty faults confpicuous grow;
The fmalleft fpeck is feen on fnow.

As near a barn, by hunger led,
A Peacock with the Poultry fed;
All view'd him with an envious eye,
And mock'd his gaudy pageantry.
He, confcious of fuperior merit,
Contemns their bafe reviling fpirit;
His ftate and dignity affumes,
And to the fun difplays his plumes;
Which like the heav'ns o'er-arching fkies,
Are fpangled with a thoufand eyes.
The circling rays, and varied light,
At once confound their dazzled fight:

On

Quindi di maldicenza l' atra face
S' accende in ogni lingua, e l' odio interno
Fa che a vicenda ogn' un lo sdegno isfoghi.

Guarda con quale orgoglio, ed arroganza
Muover colui si scorge il passo altero,
A gridar prese un Gallinaccio all' ora;
E chi mai puote trattener la rabbia ?
Nessuno affè de la pennuta schiatta
E' d' esso al parò sì orgoglioso, è ardito.
Ma se mirar si voglia il merto interno,
Noi Gallinaccj abbiam più bianca pelle.

Le ingiurie passan già di lingua in lingua;
E in fin di tutti l' Oca sibillante
Il rostro aperse, e in guisa tal favella.
Quai brutte gambe, è quai sudiccj artigli,
Ch' io dir non vo' de' piccioli difetti.
Come orribil lo strillo è di sua gola,
Che in fin spavento a le Civette arreca ?

Sì, vero è il tutto, quì il Pavone esclama :
Questi son pur difetti; e voi potrete
Solo il mio strillo, e sol sprezzar le gambe :
Ma vana è la censura d' esti ciechi
Critici ingiusti.   E come fia negletto
De la mia coda risplendente il vanto ?
Sappiate omai, se queste gambe fossero,

Da

On ev'ry tongue detraction burns;
And malice prompts their spleen by turns.

Mark, with what insolence and pride,
The creature takes his haughty stride,
The Turkey cries.   Can spleen contain ?
Sure never bird was half so vain !
But were intrinsic merit seen,
We Turkeys have the whiter skin.

From tongue to tongue they caught abuse;
And next was heard the hissing Goose.
What hideous legs ! what filthy claws !
I scorn to censure little flaws.
Then what a horrid squawling throat !
Ev'en owls are frighted at the note.

True.   Those are faults the Peacock cries;
My scream, my shanks you may despise :
But such blind critics rail in vain :
What, overlook my radiant train !
Know, did my legs (your scorn and sport)

H   The

Da voi così derise, e vilipese,
   Al Gallinaccio, o a l' Oca di sostegno,
   E se il vostro strillar fosse più rauco,
   In voi non troveriansi or tai difetti.
   Mentre quell' alma, che d' invidia è spinta,
   A tutte le palesi altrui bellezze
   Suol esser cieca, e d' ogni macchia offendesi.

In simil guisa a le adunanze in mezzo
   Toccommi l' osservar leggiadra Ninfa
   Co 'l suo più bel sembiante, e portamento,
   Destar invidia in ogni brutta faccia ;
   E tutto in torno udiasi un gran bisbiglio,
   Che mosso avea la maldicenza iniqua.

The Turkey or the Goose support,
And did ye scream with harsher sound,
Those faults in you had ne'er been found;
To all apparent beauties blind,
Each blemish strikes an envious mind.

Thus in assemblies have I seen
A nymph of brightest charms and mien,
Wake envy in each ugly face;
And buzzing scandal fills the place.

 FA-

FAVOLA VII.

CUPIDO, IMENEO, e PLUTO.

COME a forte Cupido errava un giorno
    Pe' facri a Citerea, chiufi bofchetti,
    E affaccendati a fe tenea d' intorno
    Quai miniftri inferior, gli altri Amoretti,
    Onde alcun forma l' arco, alcun vi mette
    La corda, o impenna l' acute faette ;

Altri a rifar s' adopra in foggia nuova
    E più gentil la polita faretra ;
    Mentre ad un altro ftuol più aggrada, e giova,
    (Perchè s' accenda ogni più fredda pietra,
    Ogni più duro cor) con bel lavoro
    Guernir gli ftrali a punte di fin' oro.

Tra le varie lor cure, e i gravi affari,
    Così Imeneo con aria alquanto altera
    Volfe al Nume il parlar. Se non impari,
    Cieco ragazzo altr' ufo, altra maniera,
    Nè dritto penfa al fin tua fciocca mente,
    Accoppiando tra lor meglio la gente ;

Io

FABLE VII.

CUPID, HYMEN, and PLUTUS.

AS Cupid in Cythera's grove
Employ'd the leſſer powers of love ;
Some ſhape the bow, or fit the ſtring ;
Some give the taper ſhaft its wing,

Or turn the poliſh'd quiver's mould,
Or head the darts with temper'd gold.

Amidſt their toil and various care,
Thus Hymen with aſſuming air
Addreſs'd the God.   Thou purblind chit,
Of aukward and ill-judging wit,
If matches are no better made,

At

Io tutto a un tratto abbandono il meſtiere ;
   Perchè ogn' or mandi a me genti sì fatte,
   Che mai non ſon accoppiate a dovere,
   Nè tra lor ſono in pace a viver atte ;
   Ond' è ch' io provo omai doglia, e vergogna,
   Qual' or unirle inſiem pur m' abbiſogna.

Subito deſſi attaccano quíſtione
   Per una ſpilla, ed una piuma vile,
   Sarà il Marito ſenza diſcrezione,
   Torvo, incagnato, e auſtero nel ſuo ſtile :
   La Moglie poi vivace, e ſpiritoſa
   Vuol toſto dar riſpoſta ad ogni coſa.

L' un ama il commandare, e che ſoggetta
   Stia, come vuol ragion, la propria Moglie ;
   Ma l' altra a contradirgli ſi diletta,
   Nè vuolſi ſchiava far de l' altrui voglie ;
   Seguire il voler proprio ogn' or procura,
   O li capriccj de la ſua natura.

Egli una prende, ed ella un' altra ſtrada :
   De l' Uom la geloſia ſi fa padrona ;
   Cui ſe a la fine il miſero v' abbada,
   N' ha la ſua gran ragion, ch' a ciò lo ſprona,
   Il ſol divorzio rimediar può a quello :
   La moglie abbraccia un partito sì bello.

Quì

At once I muſt forſwear my trade.
You ſend me ſuch ill-coupled folks,
That 'tis a ſhame to ſell them yokes:

They ſquabble for a pin, a feather,
And wonder how they came together:
The huſband's ſullen, dogged, ſhy,
The wife grows flippant in reply;

He loves command and due reſtriction,
And ſhe as well likes contradiction:
She never ſlaviſhly ſubmits;
She'll have her will, or have her fits.

He this way tugs, ſhe t'other draws;
The man grows jealous, and with cauſe.
Nothing can ſave him but divorce;
And here the wife complies of courſe.

When,

Quì tacque Imene, e a lui rifpofe Amore ;
 Quand' è ch' io ne gli affari tuoi m' impaccio?
 Io mai non fpendo in vano i dardi, e l' ore,
 E ben nel mio meftier fo quel che faccio :
 Ma tu poi l'alme a un vil guadagno intente
 Far vuoi co 'l nodo marital contente.

In que' nuzial contratti, in cui pagati
 Sono i Leggifti, io non ci ho alcuna parte.
 Son quefti forfe di mia man fegnati ?
 Ci adopro io punto del mio ingegno, o d'arte ?
 S' effi poi s' aman come il Cane e il Gatto,
 Pluto ne incolpa ; nulla io c' entro affatto.

All' or apparve Pluto, e prefe a dire ;
 Gli è ver, il loro oggetto è il fol denaro.
 Non faffi il Matrimonio per gioire
 D' un bel fembiante, o d' uno bel fpirto raro,
 Non del buon fenno ; il fatto è manifefto ;
 E amor di rado è un nobile pretefto.

Tutti offerifcon l' incenfo al mio altare,
 Solo il contratto di mia mano i' fegno.
 Com' or del fuo deftin s' avrà a lagnare
 CLORI pur giunta a l' alto fuo difegno ?
 S' or quel poffiede, che fol tanto chiefe
 Un Signor de' più ricchi del Paefe.

FILLI

When, says the Boy, had I to do
With either your affairs or you?
I never idly spend my darts;
You trade in mercenary hearts.

For settlements the lawyer's fee'd;
Is my hand witness to the deed?
If they like cat and dog agree,
Go rail at Plutus, not at me.

Plutus appear'd, and said, 'Tis true,
In marriage gold is all their view:
They seek not beauty, wit, or sense;
And love is seldom the pretence.

All offer incense at my shrine,
And I alone the bargain sign.
How can BELINDA blame her fate?
She only ask'd a great estate.

I

DORIS

FILLI che ha ricca dote a un chiaro, antico
    Titol di Dama co 'l fpofarfi afpira.
    E ogn' un, qualunque ei fia, ricco o mendico
    Un buon partito, e null' altro defira.
    Prenda Avarizia pur qualunque afpetto,
    L' Avaro ha ogn' or fue gravi cure in petto.

Doris was rich enough, 'tis true ;
Her lord muſt give her title too :
And ev'ry man, or rich or poor,
A fortune aſks, and aſks no more.
Av'rice whatever ſhape it bears,
Muſt ſtill be coupled with its cares.

FAVOLA VIII.

La Scimmia, che avea veduto il mondo,

UNA Scimmia che volea
    Riformar sua guasta etade,
    Si propose ne l' idea
    Veder nuove altre contrade;
    Perchè il gir da' suoi lontano
    Rende l' Uom più colto, e umano,

In tal guisa mentr' ei mena
    Fuor di casa la sua vita,
    Da verun travaglio, o pena
    Non vien l' alma unqua atterrita,
    Gran maestra è la sciagura,
    Che saggezza a noi procura.

Finalmente a lei fu tesa
    L' insidiosa rete, e 'l laccio,
    La meschina or quì fu presa,
    E trovossi in brutto impaccio,
    Poscia essendo trasportata
    In Città, fu comperata.

Ma

FABLE VIII.

The MONKEY who had seen the world.

A Monkey, to reform the times,
Resolv'd to visit foreign climes:
For men in distant regions roam
To bring politer manners home.

So forth he fares, all toil defies;
Misfortune serves to make us wise.

At length the treach'rous snare was laid;
Poor Pug was caught, to town convey'd,

Ma qual dolce occupazione
Deſtinata venne a quella !
Le ſi aſſegna qual prigione
L' ampia ſtanza ornata, e bella
D' una nobile Matrona,
Che divenne ſua padrona.

Deſſa a guiſa d' un amante
De' bei laccj vana, e altera,
Ne la ſua grazia più innante
Va ogni giorno, e più ancor ſpera :
E qual' or vien che ſi metta
La Signora a la toletta,

In più modi va ſcherzando ;
Or le torce i naſtri, e ſpeſſo
Co'l ventaglio ancor ſcroſciando
Gentilmente, fa con eſſo
Quel, che dianzi ebbe a vedere
Far ogn' altro Cavaliere.

Ne le viſite qual' ora
Il ſoverchio altrui ſcherzare
Noja reca, ell' era ancora
Sempre certa di arreſtare
Co i ſuoi tratti, e l' eccellente
Spirto, e brio tutta la gente.

Vana,

There fold.   (How envy'd was his doom,
Made captive in a lady's room !)

Proud as a lover of his chains,
He day by day her favour gains.
Whene'er the duty of the day
The toilette calls ; with mimic play

He twirls her knots, he cracks her fan,
Like any other gentleman.

In vifits too his parts and wit,
When jefts grew dull, were fure to hlt.

Proud

Vana, e altera divenuta
    Per gli applaufi a fe ogn' or fatti, .
    Già in fua mente s' è creduta
    Ben efperta in tutti gli atti,
    E ne l' arti ancor migliori,
    Ch' hanno in Corte i primi onori.

Quindi, al par del grande ORFEO,
    Del ben pubblico s' accefe,
    E già in brieve fi credeo
    Render colto il fuo paefe;
    Co'l recar gran bene, e frutto
    De le Scimmie al popol tutto.

Tofto il primo incontro coglie
    D' ifpezzar le fue catene;
    E lafciando l' auree foglie
    Al natio bofco fen viene ;
    Là, 've in contro efce a lei fuore
    Ogn' irfuto abitatore.

Le fi affollan tutte intorno;
    Ferma ogn' una il guardo intento,
    Chi al veftir fuo gajo, e adorno,
    Chi a l' andar, e al portamento :
    E tal' una efalta, e loda
    La fua manica a la moda.

Altre

Proud with applause, he thought his mind
In ev'ry courtly art refin'd;

Like ORPHEUS burnt with public zeal,
To civilize the monkey weal :

So watch'd occasion, broke his chain,
And sought his native woods again.

The hairy sylvans round him press,
Astonish'd at his strut and dress.
Some praise his sleeve ; and others glote

Upon

Altre ancora invidia provano
   Del giubbone ricamato ;
   E con molte lodi approvano
   Il ricciuto, ben formato
   Perrucchino, da cui pende
   Nera coda, e in dietro fcende.

Avvi ancor chi l' attenzione
   Al fuo doffo, e il guardo volve,
   Mentre con gran profufione
   Ivi appar la Cipria polve,
   Sparfa a guifa de le brine,
   O d' intatte nevi Alpine.

Ma ciafcuna accefo il petto
   Ha d' invidia, e di defire,
   Ed ammira con diletto
   Quel, che ifcorge in giù venire,
   Lungo fiocco da le fpalle,
   Ch' ogn' or quinci e quindi valle.

Imparate, e date afcolto,
   A gridar comincia quella :
   I miei paffi io quivi ho volto,
   Con l' idea fublime, e bella
   Di far quefto popol faggio,
   Da cui tratto ho il mio legnaggio.

Co-

Upon his rich embroider'd coat ;
His dapper periwig commending,
With the black tail behind depending ;

His powder'd back, above, below,
Like hoary froft, or fleecy fnow ;

But all, with envy and defire,
His flutt'ring fhoulder-knot admire,

Hear and improve, he pertly cries ;
I come to make a nation wife,

Conoſcete omai chi ſiete,
　　I talenti voſtri, e 'l merto ;
　　E quel poſto or ſoſtenete
　　Che a l' Umana ſpecie certo
　　E' d' ogn' altro il più vicino,
　　Come il Ciel volle, e 'l deſtino.

Lungo tempo io trapaſſai
　　In Città varie, e Paeſi ;
　　Io con gli Uomin converſai,
　　E i coſtumi d' eſſi ho appreſi.
　　Ecco in me de' Cortigiani
　　Il veſtir, e i modi umani.

Or voi quindi procurate
　　Riformar lo ſtato voſtro ;
　　Me in voi ſteſſe ricopiate
　　Entro a queſto anguſto chioſtro :
　　E volendo far profitto,
　　Le gran leggi a voi ne ditto.

Adulare in pria conviene,
　　E con tutte le perſone ;
　　Che in tal guiſa molto bene
　　Il diſprezzo, e l' avverſione
　　Da voi fien celati in tanto
　　Sotto un vago, eſterno ammanto.

Weigh your own worth; fupport your place,
The next in rank to human race.

In cities long I pafs'd my days,
Convers'd with men, and learn'd their ways.

Their drefs, their courtly manners fee;
Reform your ftate, and copy me.

Seek ye to thrive? in flatt'ry deal;
Your fcorn, your hate, with that conceal.

Far moftrando vera ftima
    De gli amici in apparenza,
    Ne uferete con la prima
    Per voi commoda occorrenza.
    Nè il maggior voftro penfiero
    Sia poi quel di dire il vero.

Uno fpirito vivace
    Tai confin sì angufti obblia.
    Quando a voi pur giova, o piace,
    Dite, amiche, la bugia;
    E cercate in tutti i modi
    Farvi merto, e acquiftar lodi.

La gentil converfazione,
    Dee lo fpirto, e l' alma avere
    Da l' altrui mormorazione,
    Perchè s' abbia a foftenere.
    S' ha da eftendere il fuo ardire
    A far tutto, e tutto dire;

Così l' Uom lodar vedraffi .
    I talenti eccelfi voftri.
    Nel gran mondo i giorni io traffi,
    Gli ufi fuoi v' ho già dimoftri.
    E farete riverite
    Quai perfone affai polite.

Tacque,

Seem only to regard your friends,
But ufe them for your private ends.

Stint not to truth the flow of wit;
Be prompt to lie whene'er 'tis fit.

Bend all your force to fpatter merit;
Scandal is converfation's fpirit.
Boldly to ev'ry thing pretend,

And men your talents fhall commend.
I knew the great.   Obferve me right;
So fhall you grow like man polite.

He

Tacque, e fece un bell' inchino
    Al gran ftuol, ch' a lei fol mira.
    Il parlar fuo pellegrino
    Con ftupor ciafcuna ammira;
    Digrignando pofcìa i denti
    Le dan lode in ftrani accenti.

Or la rea ftirpe malnata
    Di malizia, e invidia accefa,
    Non pur d' odio, s' è appigliatà
    A far danno a gli altri, e offefa;
    E maltrattan quegli amici,
    Che a lor fan più beneficj.

D' imitar pur defiofe
    L' arti Umane, e la verfuzia,
    Ogni giorno in nuove cofe
    Ufar voglion qualche aftuzia;
    E moftrar ne la malizia
    Quanta fia la lor perizia.

Tal lo fciocco giovinetto
    Troppo adulto per le fcuole;
    Un babbion vero, e perfetto
    Diventar co i Viaggi fuole;
    E ogni moda a feguir viene
    Ch' a i cervel vuoti conviene.

Giuoca,

He spoke, and bow'd. With mutt'ring jaws
The wond'ring circle grinn'd applause.

Now, warm'd with malice, envy, spite,
Their most obliging friends they bite;

And fond to copy human ways,
Practise new mischiefs all their days.

Thus the dull lad, too tall for school,
With travel finishes the fool;
Studious of ev'ry coxcomb's airs,

L   He

Giuoca, e beve, isfoggia in veste,
E bestemmia, e fa-a l' amore ;
Ma Virtude, e l' arti oneste
Mira sol con sprezzo e orrore,
Perchè assai più convenienti
Sono i Vizj a i suoi talenti.

He drinks, games, dreſſes, whores, and
   ſwears ;
O'erlooks with ſcorn all virtuous arts,
For vice is fitted to his parts.

FAVOLA IX.

Un Filosofo, e li Fagiani.

PER tempo un giorno in su 'l mattino alzoſſi
Un Saggio, e a girar preſe in folto boſco :
Quindi da un dolce canto i ſenſi moſſi,
S' avanza v' il calle è più intricato, e foſco
Mentre i canori augei di fronda in fronda
Armonia fanno a null' altra ſeconda.

Ma ovunque ei paſſa, trae ſeco il terrore,
S' arreſta il canto, e fuggono gli uccelli ;
Più non s' odon cantar verſi d' amore
Pauroſi i tordi, e gli uſignoi novelli
Di lui, volando, abborriſcon l' aſpetto,
Come s' aveſſer ragione, e intelletto.

Ogni animale innanzi a lui s' invola,
Per isfuggir de l' Uom l' odioſa faccia.
Ed egli in tanto, ſenza dir parola,
Dentro il ſuo interno rintracciar procaccia,
Perchè sì l' Uom paventi ogni creatura ;
Se fugga il ſuo ſembiante, o ſua natura ?

Mer

F A B L E IX.

The PHILOSOPHER and the PHEASANTS,

T H E Sage, awak'd at early day,
Through the deep foreſt took his way ;
Drawn by the muſic of the groves,
Along the winding gloom he roves :
From tree to tree, the warbling throats
Prolong the ſweet alternate notes.

But where he paſt he terror threw,
The ſong broke ſhort, the warblers flew ;
The thruſhes chatter'd with affright,
And nightingales abhorr'd his ſight ;

All animals before him ran,
To ſhun the hateful ſight of man.
Whence is this dread of ev'ry creature ?
Fly they our figure or our nature ?

As

Mentr' ei tra' suoi penſier così paſſeggia,
Sentir gli parve certi rotti accenti.
Avanza il paſſo, e ſenza ch' altri il veggia,
Tra le folt' ombre a udir venne i lamenti
D' una Fagiana, che d' un ramo in vetta
Parlava a la famiglia ſua diletta.

Stavano i figliuolini a lei d' in torno
Attenti e fiſſi, ed ella altera, e vana
Pel nido amato, che ſcorgea sì adorno
Di bella prole ben nudrita, e ſana,
In ſimil guiſa ſenz' alcun ſoſpetto
A eſprimer venne il ſuo materno affetto.

Quì non ſi dee temere alcun periglio,
E dentro a' boſchi vivrete contenti.
A voi più preſto del Falcon l' artiglio,
Che de l' uomo il ſembiante ſi appreſenti;
Defs' è il peggiore d' ogn' altro animale;
E' ingrato, e tutta è la ſua ſpecie eguale,

La Pecorella, il cui lanoſo ammanto
Tagliaſi ogn' anno, e tinto poi s' adopra
Per mantenerlo ſan, che daſſi il vanto
Di ſervir del ſuo folle orgoglio a l' opra,
Tratta dal proprio ovil, da la verzura
S' uccide, e iſquarta in crudel forma, e dura,

L' Api

As thus he walk'd in mufing thought,
His ear imperfect accents caught ;
With cautious ftep he nearer drew,
By the thick fhade conceal'd from view.
High on the branch a Pheafant ftood,

Around her all the lift'ning brood ;
Proud of the bleffings of her neft,
She thus a mother's care exprefs'd.

No dangers here fhall circumvent,
Within the woods enjoy content.
Sooner the hawk or vulture truft,
Than man ; of animals the worft.
In him ingratitude you find,
A vice peculiar to the kind.

The fheep, whofe annual fleece is dy'd,
To guard his health, and ferve his pride,
Forc'd from his fold and native plain,
Is in the cruel fhambles flain.

The

L' Api induftriofe, che con arte, e ftento
   Colman di cera, e mele i vuoti favi,
   E per far l' Uom de' lavor fuoi contento
   Impiegan tutti i dì più caldi, e gravi,
   Fan tutto indarno; mentre il loro dono
   Si vende, e quelle poi diftrutte fono.

Qual mai tributo l' Oca a l' Uom non paga!
   Con l' ali fue non ajuta ogni fcienza?
   Non apre il cor con effe a la fua Vaga
   L'Amante, e tempra il duol di lunga afsenza
   Quindi ancor le fue penne da i mercanti
   S' ufan ne' lor contratti, e in far contanti.

Ma qual premio vien dato a lei per quefto
   Bell' ufo sì frequente, e generale?
   Le penne ei piglia, e mangia pofcia il refto
   De l' infelice, povero animale.
   L' Uomo ifchivate adunque, e le maniere
   D' efto ingrato abborrite inique, e fiere.

Così felici, e ficuri vivrete
   Pel corfo ancor di molti giorni, e molti;
   Mentre fe voi medefmi or ben fcorgete
   Come fieno i miglior fervigi accolti,
   Ve l' afficuro, guai per noi Fagiani,
   S' a cader mai verrem ne le fue mani.

F A

The fwarms, who, with induftrious fkill,
His hives with wax and honey fill,
In vain whole fummer days employ'd,
Their ftores are fold, the race deftroy'd.

What tribute from the goofe is paid ?
Does not her wing all fcience aid ?
Does it not lovers hearts explain,
And drudge to raife the merchant's gain ?

What now rewards this gen'ral ufe ?
He takes the quills, and eats the goofe.
Man then avoid, deteft his ways :

So fafety fhall prolong your days.
When fervices are thus acquitted,
Be fure we Pheafants muft be fpitted.

FAVOLA X.

Il Cane del PASTORE, ed il LUPO.

GIA' reſo un Lupo da la fame ardito,
Sen già ſcorrendo oltre l' uſato fiero
Con ſtragi, e prede le campagne in torno;
E poco a poco diſtruggea gli ovili.
Sicuro il giorno ne'l più folto boſco
Stavaſi aſcoſo, e facea lauto pranzo
Con le notturne ſue varie rapine.
Indarno del Paſtor la cura attenta
Teſe avea d'ogni lato e reti, e trappole,
E ſeguia indarno le ſue traccie il Cane;
Mentre il fuggiaſco, ben ſcaltrito ladro
Si facea beffa d'eſta inutil caccia.

Ma come un dì *Melampo* al boſco in torno
Si raggirava a ſorte, a iſcoprir venne
I naſcondigli del nemico infeſto,
E preſe a favellargli in tali accenti :
Tra noi ſoſpeſa ſia la guerra un poco,
E mettiamci a diſcorrerla d'amici.
Vuoi tregua? diſſe il Lupo; or tregua f
ciaſi.

FABLE X.

The Shepherd's Dog and the Wolf.

A Wolf, with hunger fierce and bold,
Ravag'd the plains, and thinn'd the fold :
Deep in the wood secure he lay,
The thefts of night regal'd the day.
In vain the shepherd's wakeful care
Had spread the toils, and watch'd the snare :
In vain the Dog pursu'd his pace,
The fleeter robber mock'd the chace.

As *Lightfoot* rang'd the forest round,
By chance his foe's retreat he found.
Let us awhile the war suspend,
And reason as from friend to friend.
A truce ? replies the Wolf. 'Tis done.

The

All' ora il Cane in guisa somigliante,
Con esso incominciò la conferenza.

E come può quell'alma forte, e intrepida
  Assalir d'animali una tal specie
  D'ogni difesa priva, e affatto inerme ?
  L'alme da vero generose, e grandi
  S'inteherifcon di pietade a i fensi,
  A i codardi tiran mai sempre ignoti.
  Quanto innocente è quel lanoso gregge,
  Che a la nostra s'affida attenta cura ?
  Sia bravo adunque, e sappi usar mercede.
  Quì tacque il Cane, e a lui rispose il Lupo.

Amico un tale affar uop' è che venga
  Ponderato da noi maturamente.
  Natura nel formar la stirpe nostra
  Ci feo bestie da preda ; e come tali,
  Qual' or la fame, che ci dà martello,
  Ritrova onde cibarsi, è d'uopo ancora
  Ch' a mangiar abbiau tosto ancora i Lupi.
  Che se tu de gli Agnelli al bene intento,
  Ti senti 'l cor d' un vero zelo accefo,
  Altrove or muovi il paffo, e indrizza i pri
    ghi
  Al tuo padron tiran, più di noi crudo.
Ment

The Dog the parley thus begun.

How can that strong intrepid mind
Attack a weak defenceless kind?
Those jaws should prey on nobler food,
And drink the boar's and lion's blood.
Great souls with gen'rous pity melt,
Which coward tyrants never felt.
How harmless is our fleecy care!
Be brave, and let thy mercy spare.

Friend, says the Wolf, the matter weigh;
Nature design'd us beasts of prey;
As such, when hunger finds a treat,
'Tis necessary Wolves should eat.
If mindful of the bleating weal,
Thy bosom burn with real zeal;
Hence, and thy tyrant lord beseech;
To him repeat the moving speech:

A

Mentre se un Lupo suol di tratto in tratto
Mangiar qualche smarrita pecorella,
Ben dieci mila ne divoran gli Uomini.

Un palese inimico tal' or puote
Esser altrui di gran molestia, e danno,
Ma assai peggior è poscia un finto amico.

A Wolf eats sheep but now and then,
Ten thousands are devour'd by men.

An open foe may prove a curse,
But a pretended friend is worse.

FAVOLA XI.

La Vecchia Gallina, ed il Gallo.

D'Affrenar procurate i voſtri figli ;
Quindi toſto verraſſi a preſtar fede
A quel Proverbio, che noi tutti afferma
Diſceſi d' Eva, la gran madre antica.

Come un dì a ſorte una vecchia Gallina
Fuor conducea de' figli il bel drappello ;
Ed or pareva ch' iſtendeſſe il becco,
Per additar il grano ; ed or frugando
Sen gìa dentro la paglia ; quindi ancora
Graffiava il ſuolo, e per l' ampio cortile
Raccogliea de le biade i rimaſugli :
Ecco ch' una ſtordita pollaſtrella,
Per far de l' ali il primo eſperimento,
Saltò d' un pozzo in ſu la ſtretta ſponda,
E toſto cadde la meſchina al baſſo.
Quindi il cor de la madre il giorno tutto
Rimaſe oppreſſo da cordoglio eſtremo.

Venne poſcia a incontrare un Gallo a ſorte,
E in eſſo ravviſando il proprio figlio,
L' antico affetto in lei ſi rinnovella.

Figlio,

FABLE XI.

The old HEN and the COCK.

RESTRAIN your child; you'll foon believe
The text which fays, we fprung from EVE.

As an old Hen led forth her train,
And feem'd to peck to fhew the grain;
She rak'd the chaff, fhe fcratch'd the ground,
And glean'd the fpacious yard around.
A giddy chick, to try her wings,
On the well's narrow margin fprings,
And prone fhe drops.   The mother's breaft
All day with forrow was poffefs'd.

A cock fhe met; her fon fhe knew;
And in her heart affection grew.

N

My

Figlio, difs' ella, io ben voglio accordarti,
     Che gli anni, e che l' età matura, e adulta
     T' han meffo in ftato di condur tua vita
     Senza la cura de l' attenta madre :
     Vigorofo io ti veggio, ardito, e franco,
     E con fommo piacer odo i racconti
     De' tuoi sì fpeffi, bei trionfi, egregi.
     Ma non è già, che d' altri Galli io tema,
     Abbia a incontrare lo tuo eftremo fato :
     Siegui 'l mio avvifo ; d' isfuggir procura
     Con paffo ogn' or guardingo il cavo pozzo
     Pofto là giufo, ch' è un fatale abiffo,
     Di noftra ftirpe perdizion ficura.
     Codefto mio configlio in core imprimi
     E in cura a' buoni Dei lafciar vo' il refto.

   Il Gallo quivi ringrazia la madre
     De l' amorofa cura ; e pur lo ftolto
     Sentia ne l' alma un gran defire, ardente
     Di più non ubbidir di giorno in giorno ;
     E in ogni incontro ch' ei mirava il pozzo,
     Rideafi entro il fuo cor del folle editto.
     Di giorno in giorno ancor co 'l piede audace
     Più al fatal luogo fi facea vicino,
     E defiava di provarfi un tratto
     A rimirar quel perigliofo afpetto.

E perchè

My fon, fays fhe, I grant your years
Have reach'd beyond a mother's cares.
I fee you vig'rous, ftrong, and bold ;
I hear with joy your triumphs told.
'Tis not from Cocks thy fate I dread ;
But let thy ever-wary tread
Avoid yon well ; that fatal place
Is fure perdition to our race.
Print this my counfel on thy breaft ;
To the juft gods I leave the reft.

He thank'd her care ; yet day by day
His bofom burn'd to difobey ;
And every time the well he faw,
Scorn'd in his heart the foolifh law :
Near and more near each day he drew,
And long'd to try the dang'rous view.

                    Why

E perchè mai, prefe egli a gridar quivi,
   Or fatto hammi la Madre un tal divieto ?
   Su via, coragio : difprezziamo arditi
   Codefti vani, feminil timori.
   Fors' ella nel fuo interno ebbe alcun dubbio,
   Ch' io, qual mi fon, non foffi efperto, e prode,
   E quindi a me ne diede un tal comando ?
   O pur ftaffi colà ripofta in ferbo
   La provvifion che fatta avrà fin' ora,
   Ricco teforo per li fuoi pulcini ?
   E con tal arte poi crede arreftarmi,
   Perchè mai non v' andaffi a far ricerca ?
   Sì, già rifolto ho in cor di cimentarmi.

Così difs' egli, e fpiccò tofto un falto
   Su 'l margine fatal, e attentamente
   Si mife a riguardar giù nel profondo.
   Quindi il fuo collo iftefe, e a un punto ifteffo
   Da 'l baffo di quel pozzo ecco ufcir fuore
   Un inimico, anch' ei co 'l collo iftefo.
   Con fdegno all' or le penne il Gallo arriccia,
   E l' inimico pur con l' arricciate
   Sue piume comparir dal fondo ifcorfe.
   Le fue minaccie vengon corrifpofte
   Con eguali minaccie. Ei quì non valfe
   Più a rattenere il fuo furore eftremo,
   E dentro al pozzo fece un capitombolo,

Per

Why was this idle charge? he cries:
Let courage female fears defpife.
Or did fhe doubt my heart was brave,
And therefore this injunction gave?
Or does her harveft ftore the place,
A treafure for her younger race;
And would fhe thus my fearch prevent?
I ftand refolv'd, and dare th' event.

Thus faid, he mounts the margin's round,
And pries into the depth profound.
He ftretch'd his neck; and from below
With ftretching neck advanc'd a foe:
With wrath his ruffled plumes he rears,
The foe with ruffled plumes appears:

Threat

Per attaccar con esso aspra tenzone.
Ma giunto il poverin de l' acque al fondo
Ad incontrare inaspettata morte,
Su 'l punto di affogar feo tai lamenti.

Io mai non farei giunto a un fimil paffo,
Se alcun divieto non mi fea la madre.

FA

Threat anſwer'd threat, his fury grew,
Headlong to meet the war he flew.
But when the watry death he found,
He thus lamented as he drown'd.

I ne'er had been in this condition,
But for my mother's prohibition.

FAVOLA XII.

Il Capro senza Barba.

COME a ogn' uno è già palese,
De la moda la paffione,
Con le ufanze del Paefe,
Paffa al Vulgo in proporzione.
Quindi or tu m' ifcuferai,
S' io motteggio, o motteggiai.

E fe il fafto, e fe l' orgoglio
Modi foliti, e ornamenti
Di chi è bello, e grande, io foglio
A le Scimmie, a i vil Giumenti,
In fembianze, e accenti umani
Adattar con grazia, e a i Cani ;

E a le Mofche anche tal' ora,
A i Caproni, a le Civette,
A i fuddicci Porci, e ancora
A l' erranti Farfallette.
Ma dee farfi in prima, amico,
Buon rifleffo a quel ch' io dico.

Se

FABLE XII.

The GOAT without a Beard.

'TIS certain that the modish passions
Descend among the crowd, like fashions.
Excuse me then ; if pride, conceit,

(The manners of the fair and great)
I give to monkeys, asses, dogs,

Fleas, owls, goats, butterflies, and hogs.

I say,

Se ben dico, quefte tali
   Beftie fon vane, e orgogliofe,
   Io non dico poi ch' eguali
   Sieno a l' Uom, nè fimil cofe.
   A me dunque or fi permetta
   Dir codefta Favoletta.

Fuvvi un Capro de' più vani,
   Che fi poffan mai trovare:
   Ei ne' fuoi coftumi ftrani
   Far voleafi fingolare ;
   E qualunque riva apparfa
   Gli è di timo adorna, e fparfa,

Tofto ancora egli correa
   Sopra il margine odorofo,
   Là 've attento fi vedea
   Ne 'l fembiante penfierofo
   La fua immago in gioja, e in pace
   Contemplar ne 'l rio fugace.

Com' ei grida, ho in odio e orrore
   L' irta, e crefpa barba mia !
   Di sì frefca etade il fiore
   Chi conofcere or potria ?
   Chi le mie leggiadre forme
   Sotto a quefto pel diforme ?

I fay, that thefe are proud.   What then ?
I never faid they equal men.

A Goat (as vain as Goat can be)
Affected fingularity.

Whene'er a thymy bank he found,
He roll'd upon the fragrant ground ;
And then with fond attention ftood,
Fix'd, o'er his image in the flood.

I hate my frowzy beard, he cries ;
My youth is loft in this difguife.

                    Did

Se a le femmine non foffe
   Il vigor mio noto a pieno,
   D' efto offefe, e omai rimoffe
   Brutto afpetto fi vedrieno ;
   Fora ad effe infopportabile
   Il mio volto venerabile.

Già rifolto d' appianare
   La barbuta ifpida faccia,
   Un barbier fen giò cercare,
   Che tal' opera gli faccia ;
   E trovollo in brieve iftante,
   Ch' indi poco era diftante.

Era deffo uno Scimmione
   Lefto, gajo, ed attilato,
   Che codefta profeffione
   Far folea nel vicinato.
   Pender vede a un travicello
   De i bacin di peltro bello,

De' bucati, e neri denti
   Vide in ordine ancor pofti ;
   E a i balcon, per trar le genti,
   Stavan certi vafi efpofti,
   Di rofficci ftracci empiuti,
   Che uman fangue eran creduti.

I fuoi

Did not the females know my vigour,
Well might they loath this rev'rend figure,

Resolv'd to smooth his shaggy face,
He sought the barber of the place.

A flippant monkey, spruce and smart,
Hard by, profess'd the dapper art,
His pole with pewter basons hung,

Black rotten teeth in order strung,
Rang'd cups, that in the window stood,
Lin'd with red rags to look like blood,

Did

I suoi tre mestier volea,
    Fosser quindi altrui palesi,
    Che la barba egli facea,
    E cavava i denti offesi ;
    Che sapea, se il caso viene,
    Trarre il sangue da le vene.

Tosto al Capro un bel saluto
    Ei fè pien di cortesia ;
    E poi che fù già seduto
    Su la scranna che gli offria,
    Bocca, guancia ad esso all' ora
    Co 'l sapon copre, e colora.

In sua man leggero, e piano
    Il rasojo par che vole :
    Palpa ei quindi a lui pian piano
    Mento, e faccia ; e quando vuole,
    Signor, disse, ella può andare ;
    Mi verrà spero a trovare.

D' esto al par certo alcun volto
    Non fu mai liscio, e polito.
    Tosto il vano Capro, e stolto
    Al vicin poggio è salito,
    U' d' aver già si promette
    Sommi applausi, e laudi elette.

                              Colà

Did well his threefold trade explain,
Who fhav'd, drew teeth, and breath'd a vein.

The Goat he welcomes with an air,
And feats him in his wooden chair :
Mouth, nofe and cheek the lather hides :

Light, fmooth, and fwift, the razor glides.
I hope your cuftom, Sir, fays pug.

Sure never face was half fo fmug.
The Goat, impatient for applaufe,
Swift to the neighb'ring hill withdraws ;

The

Colà giunto, ecco un gran rifo
   Tra i Capron, che tutti intenti,
   Fiſſan gli occhi a quello in viſo,
   Lui dicendo in meſti accenti ;
   Perchè mai fai quì ritorno
   Senza barba al mento in torno ?

Deh fratel, ci narra un poco,
   D' onde nata è tal diſgrazia ?
   Ahi ! quai tolſe iniquo gioco
   Al tuo vòlto ogni ſua grazia ?
   Certo alcun per nera invidia
   A te ordito ha qualche inſidia.

Ma riſpoſe a ciò il zerbino
   Con ſorriſo ſprezzatore :
   Non ſa alcun di voi meſchino,
   Ch' or vuol far meco il cenſore,
   Come s' è la barba tolta
   Qual Nazion v' ha al Mondo colta ?

Sin gli ſteſſi Moſcoviti
   S' han le barbe al fin tagliate.
   E noi ſimili a' romiti
   L' anticaglie noſtre uſate,
   Vani, e fermi in tal penſiere
   Avrem ſempre a ritenere ?

The fhaggy people grinn'd and ftar'd.
Heighday ! what's here ? without a beard !

Say, brother, whence the dire difgrace ?
What envious hand hath robb'd your face ?

When thus the fop with fmiles of fcorn :
Are beards by civil nations worn ?

Ev'n Mufcovites have mow'd their chins.
Shall we like formal Capuchins,
Stubborn in pride, retain the mode,

                    And

E da noi portato ogn' ora
    Fia un tal pefo irfuto, e gramo?
    Noto a voi farà, qual' ora
    Ne' villaggi in giro andiamo,
    Per la ftrada fiam burlati,
    E con grida alte infultati.

Un vil ftuolo di fanciulli
    Dar vuol fempre a noi la caccia;
    Deffo avvien che fi traftulli,
    Mentre a noi la barba iftraccia.
    Ma un barbuto, gran Caprone
    Fece a lui quefto fermone.

Fratel mio, fe più con noi
    Non aveffi a far dimora,
    Confentire a i penfier tuoi
    Di buon grado io vorre' all' ora.
    Quindi poi fe noja, e impaccio
    Ti dà un qualche raggazzaccio,

Come mai pofcia s' elegge
    Tua orgogliofa vanitate
    D' efto noftro intero gregge
    Sofferir l' afpre rifate?
    Ciafcun Capro aver d' intorno
    Già t' afpetta a tuo gran fcorno.

And bear about the hàiry load ?
Whene'er we through the village ftray,
Are we not mock'd along the way;
Infulted with loud fhouts of fcorn,

By boys our beards difgrac'd and torn ?
Were you no more with Goats to dwell,

Brother, I grant you reafon well,
Replies a bearded chief.   Befide,
If boys can mortify thy pride,

How wilt thou ftand the ridicule
Of our whole flock ? affected fool !

Sappi omai, sciocco affettato,
  Che qualunque fa il galante,
  Che d' altrui contrassegnato
  Esser vuole, in brieve istante
  Vien da tutti in burla messo,
  Fuor che quei d' un genio istesso.

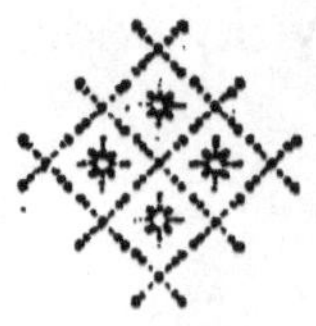

Coxcombs, diftinguifh'd from the reft,
To all but coxcombs are a jeft.

FAVOLA XIII.

La Farfalla, e la Lumaca?

TUTTI i superbi villani rifatti,
Del nuovo posto vani, ed orgogliosi,
Fan che i nostri pensier sovente tratti
Sieno a scoprire i lor natali ascosi ;
E ciaschedun poi s' abbia a ricordare
De la progenie lor bassa, e volgare.

Sì come un dì d' Aprile in su 'l mattino
A' rai del sole gentil Farfalletta,
Di fresco nata per suo buon destino,
Stavasi altera d' una rosa in vetta,
Già il capo innalza, e già si sente il petto
D' un vano acceso, ambizioso affetto.

E va spiegando l' ali sue d' intorno
Assai vaghe, e leggiadre da vederse,
Con gentil lavorio curioso, e adorno
D' azzurro, d' oro, e d' un bel ner cosperse ;
Su cui brillando i ruggiadosi umori
Rifletton gli occhi, e i varj suoi colori.

In

F A B L E XIII.

The BUTTERFLY and the SNAIL.

ALL upstarts insolent in place,
Remind us of their vulgar race.

As, in the sunshine of the morn,
A Butterfly (but newly born)
Sat proudly perking on a rose;
With pert conceit his bosom glows;

His wings (all glorious to behold)
Bedropt with azure, jet and gold,
Wide he displays; the spangled dew
Reflects his eyes, and various hue.

His.

In tanto la Lumaca, vecchia amica
    Di quella un tempo, e all' or tenuta a vile,
    Tutta fango per l' erba s' affatica
    A trafcinare fua cafetta umile.
    Ma poi che deffa la Farfalla mira,
    Si volge a l' Ortolan fremendo d' ira.

E diffe a lui, che giova omai, che ftieno
    Faticare ogni giorno i contadini,
    Per fterpar le mal' erbe dal terreno ?
    Perchè v' alzate a gli albor mattutini ?
    E con nuov' arte le voftre attenzioni
    Corregger fan de l' anno le ftagioni ?

A qual prò mai di color porporino
    S' adornan ne l' eftà le molli pefche ?
    Perchè c' invitan d' un vago turchino
    Colorite le pruna, adorne, e frefche ?
    Ond' abbia pofcia a banchettare in pace
    Quel vermicciuol di fpecie sì vorace ?

Tu adunque tofto d' ifchiacciar procura
    Codefti tardi, e rapaci animali ;
    E in fimil guifa purga, ed affecura
    D' ogn' onta l' orto tuo, da tutti i mali.
    Ma quì al fin la Lumaca l' interruppe,
    E in tai rimprocci verfo a lei proruppe.

Quanto

His now forgotten friend, a Snail,
Beneath his houfe, with flimy trail
Crawls o'er the grafs ; whom when he fpies,
In wrath he to the gard'ner cries :

What means yon peafant's daily toil,
From choaking weeds to rid the foil ?
Why wake you to the morning's care ?
Why with new arts correct the year ?

Why glows the peach with crimfon hue ?
And why the plumb's inviting blue ?
Where they to feaft his tafte defign'd,
That vermin of voracious kind ?

Crufh then the flow, the pilf'ring race ;
So purge thy garden from difgrace.

Q

What

Quanto mai fon per natura infolenti,
   Quanto orgogliofi li villan rifatti !
   Se non m' avefli tu con quefti accenti,
   E in fimil guifa vani infulti or fatti,
   Nè provocata la mia gran pazienza
   A lagnarmi di tale impertinenza ;

Io li natali tuoi celato avrei,
   Che furon già de' miei più ofcuri, e baffi,
   Nè l' origin tua prima or cercherei,
   D' onde mai gir più in dietro non potraffi ;
   Io vo' dir da la fpuma del terreno.
   E m' odi quì, s' io ti conofco a pieno.

Nove fiate a pena il Sòl ne l' anno
   Ne l' aureo cocchio tratto fu da l' Ore,
   Per dar a' frutti la forma ch' or hanno,
   E i varj fior fmaltar d' un bel colore,
   Da che vifto ho il tuo ftato affai più umile,
   E te veftita in brutta foggia, e vile.

Tu fendo all' or mifero, e diforme
   Infetto, tutto pien di fuddicciume,
   Con lento moto, e fpaventevol forme
   Strifciarti pel terren fu il tuo coftume ;
   E da la pancia di vil ragno in pria
   Una fporca membrana fuori ufcia.

What arrogance! the Snail replied;
How infolent is upftart pride!
Hadft thou not thus with infult vain,
Provok'd my patience to complain,

I had conceal'd thy meaner birth,
Nor trac'd thee to the fcum of earth:

For fcarce nine funs have wak'd the hours,
To fwell the fruit, and paint the flow'rs
Since I thy humbler life furvey'd,
In bafe and fordid guife array'd;

A hideous infect, vile, unclean,
You dragg'd a flow and noifome train;
And from your fpider bowels drew

Foul

Con esta poscia n' andavì filando
    Altro più sozzo umor, e glutinoso.
    Io la mia vita umile confessando,
    Amica, in faccia a tutti or venir oso.
    Lumaca io nacqui, e quale in pria son nata,
    Tal morrò poi ne l' ora destinata.

E ch' altro è mai di grazia una Farfalla,
    Fuor che un vil Bruco, così travestito ?
    E tutta ancor, se Natura non falla,
    Il tuo sì esteso genere infinito,
    Per tutto, ov' è che il gran Pianeta splenda,
    L' origin sua da' Bruchi avvien che prenda.

Foul film, and fpun the dirty clue,
I own my humble life, good friend ;
Snail was I born, and Snail fhall end.

And what's a Butterfly ? at beft,
He's but a caterpillar, dreft ;
And all thy race (a num'rous feed)
Shall prove of caterpillar breed.

F A.

FAVOLA XIV.

La Donna Rissosa, ed il Papagallo.

In tal guisa il Marito, a la Conforte
     Facea tra gli altri un dì quefti rimprocci;
Chiunque il dir mal d' altrui fa fuo meftiere,
     Dee viver fempre de le rifle in mezzo.

Forfe fei tu de l' infamia l' araldo,
     Che a tutta la tua ftirpe apporti guerra?
     E fia mai ver, che nulla eftinguer poffa
     Tua rabbia eftrema, che tuonando fuore,
     Non perdona ad amici, a feffo, a etade?
     Sì cara, quella tua mordace lingua
     D' appreffo, e da lontan folleva, e defta
     Quant' ha perfone il noftro vicinato.
     Buoni Dei! deffa a punto è come un fiume,
     Un fiume, che ravvolge in giro l'onde,
     Che fcorre mormorando, e fcorre fempre!
     Mai non fi ftanca, e a fparger vien per tutto
     De la difcordia ria perpetuo il feme!
     Somigliante è a la fama, che acquiftando
     Va, più che vola, maggior forza, e lena.

                              Capperi!

FABLE XIV.

The Scold and the Parrot.

THE hufband thus reprov'd his wife :
Who deals in flander, lives in ftrife.

Art thou the herald of difgrace,
Denouncing war to all thy race ?
Can nothing quell thy thunder's rage,
Which fpares nor friend, nor fex, nor age ?
That vixen tongue of your's, my dear,
Alarms our neighbours far and near.
Good Gods ! 'tis like a rolling river,
That murm'ring flows, and flows for ever ;
Ne'er tir'd, perpetual difcord fowing !
Like fame, it gathers ftrength by going.

Heighday !

Capperi ! quì la di lei fciolta lingua
    Tofto ripiglia, che affettato fciocco !
    Ch' uomaccion di giudizio ! in fimil guifa
    Dunque impedito ci verrà il fervirci
    Del miglior dono, che ci feo Natura ?
    No, non guatarmi con quel vifo arcigno,
    Perch' io voglio effer certamente udita.
    Le donne in vero d' efti ultimi tempi
    In bella forma fon tenute a freno
    Qual' or ad effe tolgafi il far ufo
    Del privilegio ch' hanno i Papagalli :
    Voi ben lodate il lor parlar, lo ftrillo,
    Ma le povere mogli han fempre il torto.

Con tal' incontro cominciò a dir male
    De la riputazion d' alcune madri,
    De le lor figlie, de le zie, e nipoti :
    Pofcia trafcorfe fu 'l volgar linguaggio
    Del Papagallo, e le fue ufate voci
    Anch' effa adopra; mezzana, pettegola,
    Spenfierataccia, ubbriaca, bagafcia :
    Su tutti i feffi la fua rabbia isfoga ;
    Senza proceffo giudica, e condanna.

Ma a un tempo ifteffo il rapido torrente
    Di fue parole in contro a lei folleva
    La Scimmia, il Gatto, li Cani, e gli Uccelli,
                    Che

Heighday ! the flippant tongue replies,
How folemn is the fool ! how wife !
Is nature's choiceft gift debarr'd ?
Nay, frown not for I will be heard.
Women of late are finely ridden,
A Parrot's privilege forbidden !
You praife his talk, his fqualling fong ;
But wives are always in the wrong.

Now reputation flew in pieces
Of mothers, daughters, aunts, and nieces :
She ran the parrot's language o'er,
Bawd, huffy, drunkard, flut and whore ;
On all the fex fhe vents her fury,
Tries and condemns without a jury.

At once the torrent of her words
Alarm'd cat, monkey, dogs and birds :

All

Che per confonder la ciarliera femina
Han tutti infieme le lor forze accolte.
Il Gatto foffia, e fputa a lei d' intorno;
La Scimmia a digrignar comincia i denti;
Squittifce il Can, e le corre a le gambe;
La Ghiandaja con ben diftinti accenti
Tutti appalefa i di lei falli afcofi;
E 'l Papagallo in mezzo a un tal fchiamazzo
Al fin da l' alto de la ferrea gabbia
Con tai rimprocci i fuoi furori ifgrida.

Il Papagallo fuol tenerfi in pregio
    Sol perchè ei parla; ma a l' incontro poi
    Vengon fprezzate le ciarliere femine.
    Chiunque s' avventa fu l' onor d' altrui,
    Contro a fe fteffo fufcita, e rivolge
    Tutte le cofe che in fe han fpirto, e vita.
    Penfate ben, Signora mia, qual' ora
    A fparlar d' altri vi sfiatate tanto,
    Che tutti i vicin voftri anch' effi han lingua:
    Ch' una fol maldicenza compenfata
    Vien pofcia d' altre dieci mila eguali;
    E che il Mondo a pagar è fempre avvezzo
    I debiti che tien con larga ufura.

All join their forces to confound her;
Puſs ſpits; the monkey chatters round her:
The yelping cur her heels aſſaults;
The magpye blabs out all her faults;
Poll, in the uproar, from his cage,
With this rebuke out-ſcream'd her rage.

A Parrot is for talking priz'd,
But prattling women are deſpis'd.
She who attacks another's honour,
Draws ev'ry living thing upon her.
Think, Madam, when you ſtretch your lungs,
That all your neighbours too have tongues:
One ſlander muſt ten thouſand get,
The world with int'reſt pays the debt.

FAVOLA XV.

Il Can Bastardo, ed il Mastino.

CERTO Cagnaccio vil di trifta razza,
  Ufo a fervire di vil fpia al padrone,
  Che per le fue menzogne giornaliere,
  Avea da quello guiderdone e premio,
  Con fegreti timori, e gelofie
  Mettea gran diffenzion fra gli altri tutti.
  Oggi 'l povero Gatto era in difgrazia,
  E un nuovo Gatto fuccedea nel pofto.
  Un altro giorno il Bracco era battuto,
  Sgridato il buon Maftino; o pur la Scimmia
  Avea il divieto d' entrar ne la ftanza.
  Ciafcun fea con l' amico il contegnofo,
  Nè potea dirne alcun la cagion vera.

Or volle il cafo, che a formar s'aveffe
  Di rubare la cafa il reo difegno.
  Il ladro co 'l gran mezzo de l' amore
  Giunfe a feddur la fante, e accarezzando
  Il trifto Can, e lifciandoli il capo
  Lo fè ftar zitto, offrendo a lui del pane.
  Ciò fatto, tentò ancor di guadagnarfi

L' ono-

FABLE XV.

The Cur and the Mastiff.

A Sneaking Cur, the mafter's fpy,
Rewarded for his daily lie,
With fecret jealoufies and fears
Set all together by the ears.
Poor Pufs to-day was in difgrace,
Another cat fupply'd her place;
The hound was beat, the Maftiff chid,
The monkey was the room forbid;
Each to his deareft friend grew fhy,
And none could tell the reafon why.

A plan to rob the houfe was laid.
The thief with love feduc'd the maid;
Cajol'd the Cur, and ftroak'd his head,
And bought his fecrecy with bread.
He next the Maftiff's honour try'd,
Whofe honeft jaws the bribe defy'd.

L' onorato Maftin; ma tofto ifprezza
Que' finti doni fua incorrotta bocca.
Ei la man ftende e n' offre in maggior copia;
Ma il ritrofo Maftin le dita mordegli.

Con pronto paffo l' altro al padron corre,
Che del fatto il racconto udio con fdegno.
S' impicchi, ei grida, il briccon maledetto;
E già gli mette in torno al collo il laccio.

Per tali accufe il povero Maftino
A lui prefenta le fue iftanze umili.
E fupplica, in giudizio avere afcolto.
Quivi il padrone fi pofe a federe,
E d' una e l' altra parte ambo i due Cani
Citati effendo, vennero al confronto.
Il Cagnaccio a narrar comincia in prima
L' azion rea, fanguinofa, e quella aggrava,
Con tutte le Retoriche figure,
Come farebbe un abile Avvocato.

Non giudicar, Signor, pria che m' afcolti,
Grida il Maftin, ma d' ambe le due parti
Efaminar ben devi una tal caufa.
Non creder pofcia ch' un reo tradimento
Poffa effer giufto, nè voler fidarti
De' trifti delator a i foli accenti!

Effi

He ftretch'd his hand to profer more;
The furly Dog his fingers tore.

Swift ran the Cur; with indignation
The mafter took his information.
Hang him the villain's curs'd, he cries;
And round his neck the halter ties.

The Dog his humble fuit preferr'd,
And begg'd in juftice to be heard.
The mafter fat.   On either hand
The cited dogs confronting ftand;
The Cur the bloody tale relates,
And like a lawyer aggravates.

Judge not unheard, the Maftiff cry'd,
But weigh the caufe of either fide.
Think not that treach'ry can be juft,
Take not informers words on truft.

They

Eſſi aprono le mani a ciaſcun dono,
Tradiſcon me a vicenda, e ancor te ſteſſo:

Così diſs' egli; e manifeſto, e chiaro
Eſſendoſi l' affar ſcoperto al fine,
Si fece impiccar toſto il Can baſtardo;
E venne aſſolto il buon, fedel Maſtino.

They ope their hand to ev'ry pay,
And you and me by turns betray.

He fpoke.   And all the truth appear'd.
The Cur was hang'd, the Maftiff clear'd.

FAVOLA XVI.

L' Uomo Ammalato, ed un Genio.

PIU' non v' ha dunque speranza?
    Disse un Uom già moribondo.
    Non risponde a tale istanza
    Il Dottore in pria facondo;
    Ma crollando sol la testa
    S' accomiata, e afflitto resta,

E nel tristo aspetto esterno
    Mostra segni di dolore,
    Perchè teme entro il suo interno
    D' aver perse indarno l' ore;
    E che più non gli sia data
    La sin' or paga aspettata.

Quando l' Uom con l' anelante
    Spirto, e fioco prese a dire;
    Sento già che in brieve istante
    D' esto Mondo ho da partire;
    Ma dar, pria d'esta partita,
    Vo' un' occhiata a la mia vita.

F A B L E XVI.

The Sick Man and the Angel.

Is there no hope ? the fick Man faid.
The filent doctor fhook his head,

And took his leave with figns of forrow,
Defpairing of his fee to-morrow.

When thus the Man, with gafping breath ;
I feel the chilling wound of death :
Since I muft bid the world adieu,
Let me my former life review,

I grant

Io no 'l niego, i miei contratti
   Son riufciti bene affai :
   Ma a lo fteffo modo fatti
   Pofcia fon tutti i Mortai ;
   E ciafcun ne 'l trafficare
   I confin. vuol trapaffare.

Quefto in ogni uman meftiero
   Neceffaria fua difefa
   Suol chiamarfi, e a dire il vero
   Non può dirfi grave offefa ;
   Nè fi oppone a que' diritti,
   Ch' ha Natura a l' Uom prefcritti.

Una picciola porzione
   Di denajo, ch'ho impiegato
   Sopra l' ottima cauzione
   D' un terreno ippotecato,
   Affai ben pofcia accrefciuta,
   Somma grande è divenuta.

Se mai fenza far rifleffo,
   Ver me ufando, e verfo i miei
   Di Giuftizia il dritto efpreffo,
   In prigion già marcir fei
   L' infolvente debitore,
   Privo d' un Mallevadore ;

I grant my bargains well were made,
But all men over-reach in trade ;

'Tis self-defence in each profeſſion.
Sure self-defence is no tranſgreſſion.

The little portion in my hands,
By good ſecurity on lands,

Is well increas'd.   If unawares,
My juſtice to myſelf and heirs,
Hath let my debtor rot in jail,
For want of good ſufficient bail ;

If

Se per via d' alcun contratto,
   O d' un qualche obbligo, e iscritto
   Tal civil famiglia ho fatto,
   Che a stentare avesse il vitto,
   Darà al Mondo il Testamento,
   Ch' io già fei, risarcimento.

Ne le molte caritati
   Sta fondata la mia speme.
   Qual' or fieno terminati
   I miei giorni, e letti infieme
   I prescritti Lasci, e doni,
   D' un buon cor bei testimoni,

Presso al Mondo, e a tutto il Cielo
   Verrà ad esser noto ancora
   Qual sia stato il vivo zelo
   Di ben far, che in me dimora;
   Quanto estese, e dilatate
   L' opre mie di caritate.

Quì frattanto un Genio viene,
   E a parlar gli prese; amico,
   Più a un' incerta inutil spene
   Non t' affida; io pur te 'l dico.
   Quei Legati potran forsi
   Bilanciare i tuoi trascorsi?

Qual

If I by writ, or bond, or deed,
Reduc'd a family to need,
My will hath made the world amends;

My hope on charity depends.
When I am number'd with the dead,
And all my pious gifts are read,

By heav'n and earth 'twill then be known,
My charities were amply shown.

An Angel came.   Ah friend ! he cry'd,
No more in flatt'ring hope confide.
Can thy good deeds in former times
Outweigh the balance of thy crimes ?

What

Qual mai Vedova, e Orfanello
   Le sue preci al Cielo invia,
   Che il peggior d' ogni flagello
   L' implacabil morte, ria
   S' allontani, e ancor l' amata
   Vita fiati prolungata ?

Un' azion buona, e pietofa
   In tuo arbitrio oggi s' attrova.
   Tu queſt' ora avventurofa
   Coglier devi ; e ciò fia prova,
   Mentre hai vita, che finceri
   Son codeſti tuoi penfieri.

Or a punto, e in fu 'l momento
   Uno quì de' tuoi vicini
   Far potreſti a pien contento
   Con dugento aurei zecchini :
   Gran bifogno egli ne tiene,
   E tu n' hai le caffe piene.

Ma perchè tal fretta n' hai,
   Quì gemendo l' egro diffe :
   Chi fapere or potria mai
   Quel che il Ciel di me prefcriffe ?
   Forfe che tornar poſs' io
   Nel primiero ſtato mio.

Queſta

What widow or what orphan prays
To crown thy life with length of days?

A pious action's in thy power,
Embrace with joy the happy hour.
Now, while you draw the vital air,
Prove your intention is fincere.

This inftant give a hundred pound;
Your neighbours want, and you abound.

But why fuch hafte ! the fick Man whines;
Who knows as yet what heav'n defigns ?
Perhaps I may recover ftill.

That

Questa fomma, e affai maggiore
　　Io già lafcio in teftamento.
　　Diffe il Genio, o infano core,
　　Veggio or ben, che fempre intento
　　Fofti al lucro, e il moftro rio
　　Fu tua vita, anima, e Dio.

D' ogni parte a più potere
　　Gran denari hai cumulati,
　　Senza aver alcun penfiere
　　A li giufti modi ufati ;
　　Poi vorrefti, effendo morto,
　　Compenfar ogni altruj torto ?

In tal guifa all' or fia dato
　　Quel che più non è di te.
　　L'altro grida, ancor, s'ho fiato
　　Ho fperanza ; e tu perchè
　　Hai tal fretta ? in dir così
　　Diè un gran gemito, e morì.

That fum and more are in my will.
Fool, fays the Vifion, now 'tis plain,
Your life, your foul, your heav'n was gain.

From ev'ry fide, with all your might,
You fcrap'd, and fcrap'd beyond your right ;
And after death would fain atone,

By giving what is not your own.
While there is life, there's hope, he cry'd ;
Then why fuch hafte ? fo groan'd and dy'd.

FAVOLA XVII.

La VOLPE in punto di Morte.

GIUNTA a gli estremi di sua lunga vita
 Su 'l terren stesa una Volpe giacea ;
 Già l' alma era per far da lei partita,
 Nè più appetito lo stomaco avea ;
 Sol muove borbottando le gingive,
 Per la soverchia età di denti prive.

A lei d' intorno sta dolente, e china
 La numerosa sua diletta prole,
 Per udir quello che a morir vicina
 La vecchia, accorta madre a lor dir vuole.
 Ella alzò il capo, e con aspri lamenti
 Così s' udiò parlare in fiochi accenti :

Lasciate, figli, omai di male oprare ;
 Ahi ! che mi stan su l' alma i miei peccati !
 Eccovi già che l' Oca estinta appare,
 E i Gallinaccj tutti insanguinati.
 E perchè in torno a me tante Galline,
 Che gridan per l' uccise lor vicine ?

Osserv

FABLE XVII.

The F o x at the point of Death.

A FOX, in life's extreme decay,
Weak, fick, and faint, expiring lay;
All appetite had left his maw,
And age difarm'd his mumbling jaw.

His num'rous race around him ftand
To learn their dying fire's command:
He rais'd his head with whining moan,
And thus was heard the feeble tone.

Ah, fons! from evil ways depart:
My crimes lie heavy on my heart.
See, fee, the murder'd geefe appear!
Why are thofe bleeding turkeys there?
Why all around this cackling train,
Who haunt my ears for chicken flain?

The

Offerva in torno la prole affamata,
   E già farne un buon pranzo fi prepara:
   Ma poſcia conoſcendoſi ingannata,
   Il proprio error a la madre dichiara:
   Quì, non ci è preda, diſſe, aſſai, o poca;
   Non Gallinaccj, non Galline, od Oca.

Queſti fantaſmi ſon del tuo cervello,
   Che il male or rende delirante, inſano;
   E in tanto ogni tuo figlio, poverello
   Le aſciutte labbia va leccando in vano.
   O ghiottonacci! la madre all' or grida,
   Non ſiavi unquanco la paſſion di guida.

Ahimè! che toſto v' avrete a pentire
   Del voſtro troppo leccardo appetito,
   Qual' or l' interna quiete abbia a partire
   Dal dubbio cor ſoſpeſo, e intimorito.
   Forſe che i paſſi non c' inſidia il Cane,
   E ſchioppi, e laccj vuotanci le tane?

Di ciaſcun ladro il ſolito deſtino,
   E' il temer che lo ſcopra un dì il Governo:
   Di pace un' ora aver non può il meſchino,
   Ma in timor ſtaſſi, ed in ſoſpetto eterno.
   Or queſta lunga età (vi do parola,
   Pochi l' avran) me ad ogni riſchio invola.

Ma

The hungry Foxes round them ftar'd,
And for the promis'd feaft prepar'd.
Where, Sir, is all this dainty cheer?
Nor turkey, goofe, nor hen is here.

Thefe are the phantoms of your brain,
And your fons lick their lips in vain.
O gluttons! fays the drooping fire,
Reftrain inordinate defire.

Your liqu'rifh tafte you fhall deplore,
When peace of confcience is no more.
Does not the hound betray our pace,
And gins and guns deftroy our race?

Thieves dread the fearching eye of pow'r,
And never feel the quiet hour.
Old age (which few of us fhall know)
Now puts a period to my woe.

Would

Ma se poscia bramate di godere
   D' uno stato felice da dovero,
   Deve onestade in ogn' incontro avere
   Su le vostre passion sovrano impero,
   Così vivrete in credito, e in istima,
   Ricuperando il buon nome di prima.

Buono è, ripiglia una Volpe, il consiglio,
   Se il tuo avviso seguir foss'e permesso:
   Ma pensa a gli Avi, ond' ha di figlio in figlio
   Rea schiatta di ladron d' ogni età, e sesso,
   Quindi la lunga infamia a noi discende,
   E l' onta, che la nostra stirpe offende.

Se ben noi tutte, qual gregge innocente,
   Andassim pascolando la pianura,
   Ne l' opre oneste, e co' pensier intente
   Ad eseguir i dritti di Natura,
   D' ogni pollajo che fosse iscemato
   Tosto il delitto a noi fora addossato.

Nè a creder mai verrebbessi il contrario.
   Ahimè! il buon nome più non si racquista!
   Dunque, poi che tu sei di parer vario,
   Prese la madre a dir, più non m' attrista.
   Ma parmi or certo udire una Gallina,
   Ch' esser dee molto, al suo chiocciar, vicina.

Vatten

Would you true happiness attain,
Let honesty your passions rein;
So live in credit and esteem,
And the good name you lost, redeem.

The counsel's good, a Fox replies,
Could we perform what you advise.
Think what our anceftors have done;
A line of thieves from son to son:
To us descends the long difgrace,
And infamy hath mark'd our race.

Though we, like harmless sheep, should feed,
Honest in thought, in word, and deed;
Whatever hen-roost is decreas'd,
We shall be thought to share the feast.

The change shall never be believ'd.
A lost good name is ne'er retriev'd.
Nay, then, replies the feeble Fox,
(But hark! I hear a hen that clocks)

U   Go,

Vattene adunque, ma ti guarda ancora
Di farne un paſto che ſia moderato :
Quella parte che vuoi prendi, e divora,
Ma un pocolin per me ne ſia ſerbato ;
In queſte poi, ch' or ſoffro, acerbe pene
Anche un buon Pollaſtrel mi faria bene.

Go, but be mod'rate in your food ;
A chicken too might do me good.

FAVOLA XVIII.

Il Canda Ferma, e la Pernice.

Un certo Cane in questa parte e in quella
  Si vedea raggirarsi per la stoppia;
  Dentro vi fruga, e la rovista attento,
  Va dietro ogni tafano, ed ogn' insetto,
  Che tal' or vede svolazzar per l' aria.
  Poscia in lui reso più gagliardo il fiuto,
  Con guardingo timore avanza il passo;
  Corcasi a terra, e'l vicin stormo addita.
  Taciti e cheti i cacciator di dietro
  Lo sieguono in distanza, e de la preda
  Accorgendosi al fin, le reti ispiegano.

Una Pernice all' or, che resa saggia
  Avea lunga esperienza, in torno guata
  L' insidie preparate in contro ad essa;
  Burlasi quindi de le lor fatiche;
  La cara prole avvisa, e mette in guardia.
  Tutto s' innalza all' or lo stormo a volo,
  E fugge al bosco; ma pria ch' essa ispieghi
  Sue franche piume a l' aria, in simil guisa
  Il Bracco isgrida, che pel suol si striscia.

Via

FABLE XVIII.

he SETTING-DOG and the PARTRIDGE.

THE ranging Dog the stubble tries,
And searches ev'ry breeze that flies ;
The scent grows warm ; with cautious fear
He creeps, and points the covey near ;
The men, in silence, far behind,
Conscious of game, the net unbind.

A Partridge with experience wise,
The fraudful preparation spies :
She mocks their toils, alarms her brood ;
The covey springs, and seeks the wood ;
But ere her certain wing she tries,
Thus to the creeping spaniel cries.

Thou

Via schiavo adulator, tu che secondi
    De l' Uom le frodi, via mezzano indegno
    Di sue ree voglie, e del suo ghiotto lusso.
    Ingannator vigliacco, e disonore
    De l' intera tua schiatta ; ben dovria
    Tutta de gli altri Can l' ampia famiglia
    Negar che sia de la lor razza nato.
    Perchè codesti, s' abbia a dar giudizio,
    De le lor naturali qualitadi,
    Han per natura un cor sincero, e onesto ;
    E prima ancor che avessero a servire
    A l' inique intenzion de l' Uom malvagio,
    Furono ogn' or nemici generosi,
    O pur veraci, assai fedeli amici.

Quando con certo spregievol sorriso
    Il Bracco a quella si rivolse, e disse.
    Ora insultarmi con ingiurie ardisci,
    Poi che ti fanno l' ali tue sicura.
    Ti compatisco in ver ; tutti i villani
    Esser si veggion sempre affatto ciechi
    De gli uomini politi a i bei costumi,
    Così ignorante è un rustico intelletto !
    Ma presso de' sagaci Cortigiani
    Ben conosciuto è il mio sublime merto ;
    E com' io faccio, sogliono ancor essi
    Avanzarsi in fortune, e in miglior posto.

Quel

Thou fawning flave to man's deceit,
Thou pimp of luxury, fneaking cheat,
Of thy whole fpecies thou difgrace,
Dogs fhould difown thee of their race!
For if I judge their native parts,
They're born with open honeft hearts;
And, ere they ferv'd man's wicked ends,
Were gen'rous foes, or real friends.

When thus the Dog with fcornful fmile:
Secure of wing, thou dar'ft revile.
Clowns are to polifh'd manners blind;
How ign'rant is the ruftic mind!
My worth fagacious courtiers fee,
And to preferment rife, like me.

Quel felice mezzan, che ad un Sovrano
Qualche leggiadro feminil sembiante
Addita e iscopre, spesso accrebbe i debiti
De l' intere Nazion soggette a quello.
L' amico senza il menomo riguardo
Addita qual bersaglio il caro amico,
E sua accortezza, e i rari suoi talenti
Ricompensar procura il buon Ministro.
Io pur da l' Uom nudrito, ed allevato,
N' appresi i bei costumi; e la sua grazia
Che sempre in verso me va più accrescendosi,
Fa sì, che passi lietamente i giorni.

Ben me l' avea pensata, all' or ripiglia
La pernice, che tale il luogo fosse,
In cui venisti allevato, e nudrito.
I servi han l' alma ben disposta ogn' ora,
E imitan, come a punto le bertuccie,
In un momento del padrone i vizj.
Or tu dicesti che vien da la Corte.
Addio mio caro ; e volossi al suo stormo.

The thriving pimp, who beauty fets,
Hath oft enhanc'd a nation's debts :
Friend fets his friend, without regard ;
And minifters his fkill reward :
Thus train'd by man, I learnt his ways,
And growing favour feafts my days.

I might have guefs'd, the Partridge faid,
The place where you were train'd and fed ;
Servants are apt, and in a trice
Ape to a hair their mafter's vice.
You come from court, you fay.   Adieu,
She faid, and to the covey flew.

X   FA-

FAVOLA XIX.

Il FANTASIMA Universale.

UN Uomo diſſoluto, e mal vivente
  Con ogni vizio avea già indebolito
  Sua prima gioventù freſca, e poſſente ;
  E ’l guaſto, impuro ſangue era aſſalito
  Da un lento, funeſtiſſimo malore,
  Che a lui togliea ogni ſpirto, ogni vigore.

Quindi d’ aſcoſi mali addolorato,
  Chiuſo in ſua caſa ſtaſſene languendo ;
  E al par d’ un vecchio da ſ’ età ſpoſſato,
  A poco a poco ſi va diſtruggendo.
  Ma un dì, che da l’ angoſcie miſvenuto
  Siedea penſoſo, e chiedea in vano ajuto ;

E mentre or priega, ora delira, or ſmania,
  E beſtemmiando adiraſi co ’l Cielo,
  In mezzo a queſta ſua violente infania
  Spirto gli apparve avvolto in atro velo :
  Pallido, e ſmunto a l’ Uomo s’ appreſenta,
  E a lui parla con voce fioca, e lenta.

Forſe

FABLE XIX.

The Univerſal APPARITION.

A RAKE, by ev'ry paſſion rul'd,
With ev'ry vice his youth had cool'd ;
Diſeaſe his tainted blood aſſails ;
His ſpirits droop, his vigour fails :

With ſecret ills at home he pines,
And, like infirm old age, declines.
As, twing'd with pain, he penſive ſits,

And raves, and prays, and ſwears by fits ;
A ghaſtly phantom, lean and wan,
Before him roſe, and thus began.

My

Forſe farà il mio nome a te arrivato ;
   Or bada ben, che t' avviſa *il Penſiero* :
   Non l' amore, o gli onor, nè un ricco ſtato,
   Nè l' aver in ſue man potenza, e impero
   Dar puote al core un' ora d' allegria,
   Se in lui ſalute non s' attrovi in pria.

Per tempo adunque ad eſſer ſaggio apprendi,
   Mentre con la ſalute ſuol fuggire
   Ogni diletto de i piacer che prendi ;
   Nè puote a tal mancanza altro ſupplire.
   Sì diſſe, e già il Fantaſma dileguato,
   L' infermo a un tal conſiglio è ſgomentato.

Quindi ei s' aſtiene da tutti gli ecceſſi,
   E co' rimedj il ſangue al fin corregge :
   Poſcia, perchè ogni triſta cagion ceſſi,
   Co 'l viver ſobria vita, ei già s' elegge
   Il partito miglior di pigliar moglie,
   Ond' abbia in pace a contentar ſue voglie.

Ma di bel nuovo il Fantaſma gli appare,
   E ovunque ei va, gli favella a l' orecchio ;
   A lui veder già fa, quanto ſian rare
   Le mogli, d' oneſtade intatto ſpecchio :
   Come una Bella al fine a ceder viene,
   E chi è coſtante il proprio intento ottiene.

Coſ

My name perhaps hath reach'd your ear ;
Attend and be advis'd by *Care.*
Nor love, nor honour, wealth, nor pow'r
Can give the heart a chearful hour,

When health is loft.   Be timely wife :
With health all tafte of pleafure flies.
Thus faid, the phantom difappears.
The wary counfel wak'd his fears :

He now from all excefs abftains.
With phyfic purifies his veins ;
And to procure a fober life,
Refolves to venture on a wife.

But now again the Sprite afcends,
Where'er he walks his ear attends ;
Infinuates that beauty's frail,
That perfeverance muft prevail ;

Così nel suo cervello acceso ha il foco
   Di nera, e tormentosa gelosia ;
   E di tutti gli amanti a poco a poco
   A dir gli viene quale il noma sia :
   E poscia in altro tempo gli apprefenta
   Ciò che far dee sua vita mal contenta.

De la Famiglia il carico pesante,
   Le sue entrate più scarfe d' anno in anno,
   Li debiti che van sempre più innante,
   E i creditor che gran molestia danno;
   E come, il tutto essendo consumato,
   A i piccioli figliuoi niente è lasciato.

Tosto al guadagno ei drizza le sue voglie
   E gli arde in cor gran sete di denaro.
   Ma poi che de le sue più ricche spoglie
   L' ornò Fortuna con esempio raro,
   L' iniquo Spettro s' apprefenta a quello,
   E dagli più che mai doglia, e martello.

La povertà sotto a suoi sguardi mette,
   Uno stuol folto di ladri, e affassini,
   Ch' hanno le mani ogn' or di sangue infette,
   Ed altri gran perigli a lui vicini ;
   Tra continui timor lo tiene oppresso,
   E in mezzo al sonno gli è la notte appresso.

                          E come

With jealousies his brain inflames,
And whispers all her lovers names.
In other hours she represents

His houshold charge, his annual rents,
Increasing debts, perplexing duns,
And nothing for his younger sons.

Strait all his thought to gain he turns,
And with the thirst of lucre burns.
But when possess'd of fortune's store,
The Spectre haunts him more and more;

Sets want and misery in view,
Bold thieves, and all the murd'ring crew;
Alarms him with eternal frights,
Infests his dreams, or wakes his nights.

E come mai da se cacciar lontano
   Un sì terribil ospite, e molesto ?
   Forse ch' avendo il poter in sua mano
   Godrà tranquillo di sua vita il resto.
   Ma giunto al fine ad esser uom potente,
   Lo spirto è di bel nuovo a lui presente.

Al suo intelletto affaccia varj obbietti;
   Che oppresso tengon quello notte, e giorno:
   Come gli è d' uopo star sempre in sospetti ;
   Che instabil d' Ambizion è il seggio adorno ;
   E come Invidia suol perseguitare   [pare.
   Quell' Uom, che un gran signore a gli altri ap-

De l' odio de' rivali a lui favella,
   De l'arti de gli amici traditori ;
   Quanto lo scorno, e quanta infamia è quella,
   Di cader giù da i primier posti, e onori ;
   E un tal pensier, che dagli ogn' or la morte
   Fuggir volendo, abbandona la Corte.

E qual ritiro ricerca la villa,
   Per goder quì del puro aere, sereno,
   E d'una vita a pien lieta, e tranquilla ;
   U' tal' or de' vicin boschetti in seno,
   Ed or pe' campi, senz' alcun timore,
   Va dolcemente trapassando l' ore.

                       Ma

How shall he chase this hideous guest?
Pow'r may perhaps protect his rest.
To pow'r he rose. Again the Sprite

Besets him morning, noon and night;
Talks of ambition's tott'ring seat,
How envy persecutes the great,

Of rival hate, of treach'rous friends,
And what disgrace his fall attends.
The court he quits to fly from Care,

And seeks the peace of rural air:
His groves, his fields, amus'd his hours;

He

Ma in tanto ch' effo gli alberi rimonda,
   E i bei fioretti dal terren raccoglie,
   Ecco il Penfier che i fuoi paffi feconda,
   E nuovi arreca a l' alma affanni, e doglie;
   Provedi, ei diffe, a gli affar tuoi ben bene,
   Ch' onde men fi paventa, il mal poi viene.

Da le nebbie il poder, da le ruggiade,
   E da i voraci infetti omai difendi;
   Da le lumache ancor, e quando accade
   Che foverchia dal Ciel la pioggia ifcendi;
   Dal Sechereccio al fin, che il miglior frutto
   De i colti campi fuol guaftare in tutto.

O ch' ei rinchiufo ftia ne la fua ftanza,
   Od efca a paffeggiar per la campagna,
   Gli è fempre il nero Spettro in vicinanza;
   Per tutto ancor lo fiegue, e l' accompagna:
   Mentr' è pur troppo manifefto, e vero,
   Che l' Uom non può fuggir dal fuo Penfiero.

Egli al fine a lo Spirto il parlar voltò,
   In fua favella sì gli prefe a dire:
   Poi che da te non poffo effer difciolto,
   Ma qual compagno m' hai fempre a feguire,
   Più dietro non mi ftar; mentr' è dovere
   Che fempre innanzi gir deggia il Penfiere.

F A-

He prun'd his trees, he rais'd his flowers.
But Care again his fteps purfues ;

Warns him of blafts, of blighting dews,
Of plund'ring infects, fnails and rains,
And droughts that ftarv'd the labour'd plains.

Abroad, at home, the Spectre's there :
In vain we feek to fly from Care.

At length he thus the Ghoft addreft,
Since thou muft be my conftant gueft,
Be kind, and follow me no more ;
For Care by right fhould go before.

          F A -

FAVOLA XX.

Le due CIVETTE, e la PASSERA.

DUE Civette affettate un dì incontrandofi,
Si pofero a federe, e per tal guifa
Con un grave e maeftofo cicaleccio
Ebber tra lor sì fatta conferenza.
Quanto il moderno gufto è mai corrotto !
Ov' è il rifpetto, che vuol la fapienza ?
Ben hanno conofciuto il noftro merto
I Saggi de la Grecia, e dato han quelli
A Noftre Signorie gli onor devuti.
Effi han tra loro ponderata a pieno,
Qual d'ogni augello fia la dignitade,
E noi Civette efaminaro a fondo.
Atene, un tempo d' ogni fcienza albergo,
A piene voci rifpettar s' è udita
Il noftro eccelfo nome.   I giufti titoli
Ella diè al merto, e in tutti i luoghi in torno
L' Atico augello fu onorato, e culto.

Cara Sorella, prefe a dir all' ora
L' ambiziofa compagna, avendo gli occhi
A metà chiufi, ciò pur troppo è vero.

Atene

FABLE XX.

The two Owls and the Sparrow.

TWO formal Owls together fat,
Conferring thus in folemn chat.
How is the modern tafte decay'd !
Where's the refpect to wifdom paid ?
Our worth the Grecian fages knew ;
They gave our fires the honour due ;
They weigh'd the dignity of fowls,
And pry'd into the depth of Owls.
Athens, the feat of learned fame,
With gen'ral voice rever'd our name ;
On merit title was conferr'd,
And all ador'd th' Athenian bird.

Brother, you reafon well, replies
The folemn mate, with half-fhut eyes ;

Right.

Atene del saper fu eletta sede,
E la sapienza in vero sa distinguere.
Quindi noi fummo collocate ancora
Su l' elmo rilucente di Minerva,
De l'uman spirto simbolo, e ornamento :
Ma in oggi, ahimè ! che tutte siam neglette,
E più si estima una ciarliera l'assera.

Una Passera, ch' ivi era in disparte
Udio per sorte quelle scimunite,
Lusingar a vicenda il loro orgoglio,
E così tosto isfoga il proprio sdegno.

Chiunque incontra un qualche sciocco, in pregio
Dev' esser dal medesmo ancor tenuto.
Io vo' accordarvi, ch' assai favorite
Foste in Atene un tempo, e poste in cima
A guisa di cimier, su l' elmo adorno
De l' inventrice de le prime ulive :
Ma poi qualunque augel che va per l' aria,
Fuor d' una sciocca, orgogliosa Civetta,
A voi ne potrà dir la cagion vera.
Quindi han ritratto il grande insegnamento
Le famose lor scole, ed hanno appreso
Quanto sian falsi que' giudizj tutti,
Che l' esterne apparenze han per oggetto,
E a non stimar già mai l'esterna scorza :

Perch

Right.   Athens was the feat of learning,
And truly wifdom is difcerning.
Befides, on Pallas' helm we fit,
The type and ornament of wit :
But now, alas ! we're quite neglected,
And a pert Sparrow's more refpected.

A Sparrow who was lodg'd befide,
O'er-hears them footh each other's pride,
And thus he nimbly vents his heat :

Who meets a fool muft find conceit.
I grant, you were at Athens grac'd,
And on Minerva's helm were plac'd ;
But ev'ry bird that wings the fky,
Except an Owl, can tell you why.
From hence they taught their fchools to know
How falfe we judge by outward fhow ;
That we fhould never looks efteem,
Since fools as wife as you might feem.

Perchè in tal guisa le più sciocche genti,
Al par di voi potriano apparir sagge.
Or volendo isfuggir l' onta, e il disprezzo
La vanagloria vostra, al fin sia spenta ;
Ed umiliando que' pensieri arditi,
L' inclinazion seguite, e quell' istinti
Che Natura maestra in cor v' ha messo.
In simil guisa fia che a voi non manchi
Un delicato cibo, e in grati sensi
L' attenzion vostra loderà il Castaldo :
Così i Sorci più morbidi, e più graffi
Fien de la vostra caccia il guiderdone ;
E nessun Gatto se ben destro, e accorto
Sarà di voi tenuto in maggior pregio.

Would you contempt and fcorn avoid,
Let your vain-glory be deftroy'd :
Humble your arrogance of thought,
Purfue the ways by nature taught ;
So fhall you find delicious fare,
And grateful farmers praife your care ;
So fhall fleek mice your chace reward,
And no keen cat find more regard.

FAVOLA XXI.

Il Cortigiano, e Proteo.

Q U A L' or vien che un Cortigiano
Più non ferbi il pofto antico,
La Città fugge, e lontano
Cerca in Villa un chioftro amico,
U' dannato è per fupplizio
A ftar fano, e in efercizio.

La magione, e il bel giardino
Moftra a pien la fua ricchezza.
Quì penfando va il mefchino
Con l' ufate arti, e accortezza,
E diftillafi il cervello
Sopra un qualche pian novello:

E con effo egli ha fperanza
D' ifpogliare un altro Stato.
D' ALESSANDRO a fomiglianza
Star vorria fempre occupato,
Sofpirando co 'l difegno
D' ifchiantar qualch' altro Regno.

FABLE XXI.

The COURTIER and PROTEUS.

WHene'er a courtier's out of place,
The country shelters his disgrace;
Where doom'd to exercise and health,

His house and gardens own his wealth.
He builds new schemes, in hope to gain

The plunder of another reign;
Like PHILIP's son, would fain be doing,
And sighs for other realms to ruin.

                    As

Un di quefti a forte un giorno
   Cortigiani difgraziati
   A la fpiaggia errava in torno,
   Co i penfier tutti applicati
   In cercar nuove maniere
   Di riaver il fuo potere.

E ne 'l mentre in tale idea
   S' aggirava attento, e folo,
   Tofto in cerchio s' avvolgea
   Il ceruleo, ondofo fuolo.
   Proteo all' or dal mare ufcio,
   E lui diffe ; amico, addio.

Vieni or forfe da la Corte ?
   Non m' inganno a l' apparenza :
   Già in te d' Uom le forme ho fcorte,
   Ch' effer vuol di confeguenza.
   Egli a lui confeffa il vero ;
   Narra il cafo tutto intero.

Che più d' un amico infinto
   Fatto aveangli un brutto giuoco ;
   Che color l' avean fofpinto
   Dal primier fublime loco ;
   Ch' ei perì per l' empie mani
   De' fuoi fteffi partigiani.

Sappi,

As one of thefe (without his wand)
Penfive along the winding ftrand
Employ'd the folitary hour,
In projects to regain his pow'r;

The waves in fpreading circles ran,
Proteus arofe, and thus began.

Came you from Court? For in your mien
A felf-important air is feen.

He frankly own'd his friends had trick'd him,
And now he fell his party's victim.

Know,

Sappi, diſſe Proteo all' ora,
 V' ha in me un' arte ſenza pari,
 Che cangiar mi fa, qual' ora
 Prender vo' ſembianti varj.
 Ma vien detto a me, che in Corte
 Gente aſſai v' ha di tal ſorte.

 E pretendon queſti tali
 De l' induſtria mia, e poſſanza
 Eſſer emoli, e rivali,
 Con inſolita arroganza.
 Diſſe, e fatto un ſerpe orrendo
 Pel terren vaſſi avvolgendo.

L' Uom riſponde ; ſappi or tutti
 Gli ambizioſi Cortigiani,
 Che tra noi ſi ſon produtti,
 Oltre gli altri aſpetti ſtrani,
 Prender ſoglion per natura
 D' umil Serpe la figura.

Deſſi al ſol s' uſan ſcaldare,
 E isfuggir ſan la tempeſta ;
 Con malizia ſibillare,
 E d' invidia atra, funeſta
 Poi gonfiarſi a gli altrui danni,
 E cangiar per agio i panni.

Know, fays the God, by matchlefs fkill
I change to ev'ry fhape at will ;
But yet, I'm told, at court you fee

Thofe who prefume to rival me.
Thus faid.   A fnake, with hideous trail,
Proteus extends his fcaly mail.

Know, fays the Man, though proud in place,
All courtiers are of reptile race.
Like you, they take that dreadful form,

Bafk in the fun, and fly the ftorm ;
With malice hifs, with envy glote,
And for convenience change their coat ;

Lo splendor nuovo che prendono
  Per l' eccelsa dignitade,
  Fa che il capo in alto estendono
  Pien d' orgoglio, e maestade.
  Se ben sian gente assai vile,
  Spesso uscita da un fienile.

Il suo dir fornito a pena,
  Ecco il Nume un Leon fessi
  Con i piè sparge l' arena,
  E le giubbe a scuoter diessi.
  Trasformato indi in Cerviero
  Par di fuoco, tanto è fiero.

Quì molt' altre forme ei veste
  E di Lupo, e di Giumento.
  Prende poscia dietro a queste
  D' una Volpe il vestimento;
  Tosto ancora un Orso apparve
  Sotto a nuove, infinte larve.

L' Uomo esclama ; in ver ripieno
  Io farei d' alto stupore,
  Se a me ignoto fosse a pieno
  Di chi in Corte alberga il core.
  Ciò chi è accorto usar si vede
  Ogni dì per far sue prede.

Dessi

With new-got luftre rear their head,
Though on a dunghill born and bred.

Sudden the God a lion ftands ;
He fhakes his mane, he fpurns the fands ;
Now a fierce lynx, with fiery glare,

A wolf, an afs, a fox, a bear.

Had I ne'er liv'd at court, he cries,
Such transformation might fuprife ;
But there, in queft of daily game,
Each able courtier acts the fame.

A a   Wolves,

Deſſi ſotto il vario aſpetto
    Di Leon, Lupo, e Cerviere,
    Mentre ſon ne 'l poſto eletto
    Prender veggionſi il piacere
    D' inſeguire a caccia poi
    Li compagni, e amici ſuoi.

Eſſi ſieguon l' arti, e i modi
    D' Orſi fieri, e aſtute Volpi :
    Or la forza uſando, or frodi,
    San rubar, ſan vibrar colpi ;
    Poi ragghiar s' odon ben ſpeſſo
    Ne l' auguſto lor Conſeſſo.

Di bel nuovo gl' infelici
    Trasformati in fiere belve,
    Tutti adopran gli artifici,
    Che ogn' or s' uſan ne le ſelve,
    Cominciando dal Leone
    Sino al docile Scimmione.

Così diſſe, e di repente
    Ei ſi ſcaglia ſopra il Dio
    Con un laccio ; e ancor che tente
    L' altro iſciorre il nodo rio,
    Al fin dopo un gran contraſto
    Suo prigion Proteo è rimaſto.

Quindi

Wolves, lions, lynxes, while in place,
Their friends and fellows are their chace.

They play the bear's and fox's part;
Now rob by force, now steal with art.
They sometimes in the senate bray;

Or, chang'd again to beasts of prey,
Down from the lion to the ape,
Practise the frauds of ev'ry shape.

So said. Upon the God he flies,
In cords the struggling captive ties.

Now,

Quindi a lui volfe il difcorfo,
E così gli prefe a dire :
Già che più trovar foccorfo,
Nè più quinci puoi fuggire,
Confeffar ben dei, che quefta
Tua grand' arte or vinta refta.

Ufa pur forza, e forprefa,
O qual v' ha mezzo più ftrano,
Ch' ufcir fuor ne faprà illefa
L' arte al fin del Cortigiano.
Laccio il piè mai non gli ftringe ;
Mente ogn' or fua lingua, e finge.

Now, Proteus, now (to truth compell'd)
Speak, and confefs thy art excell'd.

Ufe ftrength, furprife, or what you will,
The courtier finds evafions ftill :
Not to be bound by any ties,
And never forc'd to leave his lies.

F A.

F A V O L A XXII.

Li Mastini.

COLOR che fi frammifchian ne le riffe,
   Fuor n' efcon fpeffo infanguinati il nafo.

Certo Maftin di vero fangue Inglefe
   Il combatter più caro avea del pane.
   Qual' or vedea per far d' un offo acquifto
   Ringhiar de' Cani, bramava aver parte
   Ne la quiftione, e fua far la battaglia :
   E trovò di fovente ch' a frammetterfi,
   Mentre tra loro due facean la riffa,
   Ne confeguiva il defiato intento.
   Il medefmo del fuo gir zoppicando
   Si facea gloria, e fparfe in fu la faccia
   Le cicatrici fi vedean d' onore.
   Su d'ogni membro qualche taglio appare ;
   E le molte battaglie, in cui trovoffi,
   Le dianzi lunghe orecchie, avean già mozze.

Com' egli un giorno venne a udir da lunge
   Due Can nemici già azzuffati infieme
   In ftrepitofa pugna, accorfe intrepido,
   E fi fè tofto a que' Campion dinante,

Già

FABLE XXII.

The MASTIFFS.

THOSE who in quarrels interpose,
Muſt often wipe a bloody noſe.

A Maſtiff of true Engliſh blood,
Lov'd fighting better than his food.
When dogs were ſnarling for a bone,
He long'd to make the war his own,
And often found (when two contend)
To interpoſe obtain'd his end ;
He glory'd in his limping pace ;
The ſcars of honour ſeam'd his face ;
In ev'ry limb a gaſh appears,
And frequent fights retrench'd his ears.

As, on a time, he heard from far
Two dogs engag'd in noiſy war,

Away

Già fermo in fuo penfier, che fenza d' effo
Mai non s' aveffe a far quiftione alcuna.

In quefto fuori ufciò dal fuo Cortile
Un Pelacane, e con terribil voce
Così prefe a fgridar la beftia ardita.
Un buon baftone fervirà a infegnarti
Il modo di trattar ; e d' onde pofcia
Nacque quell' odio maledetto, antico,
Che in verfo a quei del meftier mio tu moftri
Sì, qual' or co 'l mio can lo fdegno isfoghi,
Ciò fai, briccon perchè non m' ofi mordere.

Così fofpefa veggendo la mifchia,
Un Macellajo d' egual rabbia accefo,
Con rauco fuon ftrillando in fra la turba
Sgrida il Maftino ad alta voce, e diffe.
Grazie al Ciel, la piazza di *Hocley-hole*,
Non pur di *Mary-bone*, ha già vedute
Le battaglie del mio Can valorofo.
Ei far non fuol come i bravi codardi,
Nè gli altri Cani affale in vifta pubblica,
Per effer pofcia fu 'l più bel divifo.
Non ti credeffi mai, fciocco arrogante,
D' aver di fua gran fama alcuna parte :
Di lui fia tutto omai l' onore, o l' onta,

Away he fcours and lays about him,
Refolv'd no fray fhould be without him.

Forth from his yard a tanner flies,
And to the bold intruder cries,
A cudgel fhall correct your manners.
Whence fprung this curfed hate to tanners ?
While on my dog you vent your fpite,
Sirrah ! 'tis me you dare not bite.

To fee the battle thus perplex'd,
With equal rage a butcher vex'd,
Hoarfe-fcreaming from the circled crowd,
To the curs'd Maftiff cries aloud.
Both *Hockley-hole* and *Mary-bone*
The combats of my dog have known.
He ne'er, like bullies coward-hearted,
Attacks in public, to be parted.
Think not, rafh fool, to fhare his fame ;
Be his the honour or the fhame.

Ciò detto, ambidue poscia incominciaróno
     A bestemmiare con romor, farnetici
     Per la violenta rabbia, al par d' un turbine.
     Quindi i lor Cani avendo in pria legati,
     Li traffero in difparte, e a un punto iftefso
     Baftoni, e calci da qualunque lato
     Rimbombaron fu 'l dofso a quel Maftino.

Entrambi all' ora pe 'l fudor fumanti,
     E per lo fangue li guerrier divifi
     Fermarfi un poco ripigliando lena ;
     Ma poi d' accordo fi lanciaro a dofso
     A l' inimico, tra di lor frappoftofi ;
     Ch' affai malconcio con grand' urli, e ftrida
     Rimafe un tratto fu 'l terren diftefo.
     Quindi rizzoffi a ftento, e zoppicando,
     E ftorpio d' ambi lati, a fuggir prefe.

F A

Thus faid, they fwore, and rav'd like thunder;
Then dragg'd their faften'd dogs afunder;
While clubs and kicks from ev'ry fide
Rebounded from the Maftiff's hide.

All reeking now with fweat and blood,
A while the parted warriors ftood,
Then pour'd upon the meddling foe;
Who, worried, howl'd, and fprawl'd below.
He rofe; and limping from the fray,
By both fides mangled, fneak'd away.

FAVOLA XXIII.

Pitagora, ed il Villano.

Pitagora un dì alzossi al primo albore,
E trasportato da pensier sublimi,
Per respirar le dolci aure odorose,
Il cammin prese ne' fioriti campi.
E com' ei riscaldata avea la mente
D' alta contemplazion, e da i pensieri,
Sviati fur gl' incerti passi a sorte
D' un buon Castaldo al villereccio albergo;
Là dove in cima d' alta scala a mano
Stava un Villan, che a colpi di martello
Crollar faceva il debile granajo.
Qual' importante affar, disse il Filosofo,
A faticar colà ti guida amico ?

Rispose il Contadin con voce burbera;
La vendetta, che mal tardata nuoce,
Ad alta voce esclama, e vuol giustizia.
Questo Nibbio di tante omai pasciuto
Pingui rapine, e giornaliere prede,

E

FABLE XXIII.

PYTHAGORAS and the COUNTRYMAN.

PYTHAG'RAS rofe at early dawn,
By foaring meditation drawn,
To breathe the fragrance of the day,
Through flow'ry fields he took his way.
In mufing contemplation warm,
His fteps mifled him to a farm,
Where on the ladder's topmoft round,
A peafant ftood ; the hammer's found
Shook the weak barn.   Say, friend, what care
Calls for thy honeft labour there ?

The clown, with furly voice replies,
Vengeance aloud for juftice cries.

Era il difturbo de le mie Galline,
Terror de' Gallinacci ; al fin fua vita
A pagar venne il fio d' ogni rea colpa.
Sopra d' efta muraglia iftefe mira
L' ali robufte del grifagno augello ;
Ivi inchiodato fervirà d' efempio,
E di terrore a la fua fpecie intera.
Or fieno in avvenire a pien ficuri
Gli uccei che tengo, ed in buon ftato i polli
A pafcolar verran dentro il cortile ;
E i rimafugli d' efto mio granajo
Quelli faranno affai più belli, e graffi.

Saggia è, rifpofe all 'or quel gran Filofofo,
L' antica legge, che pel ben di tutti
A morir abbia il perfido uccifore.
Ma fe quefti tiran che van per l' aria
Spiegando il volo, poi trattar fia d' uopo
Con sì fevera, e così dura legge ;
Tu penfa un tratto, quant' è mai vorace
Un uom ghiottone, e quai fanguigni pranzi
Paffar lui fanno lietamente l' ore !
Come sfacciato è il poter mai, la forza
In condannare un Nibbio, od un Falcone.
In fimil guifa, quando avrai tu forfe,
Reo mangiatore di animate carni,
Pur jeri avuto de' pollaftri a pranzo !

T' arrefta,

This kite, by daily rapine fed,
My hens annoy, my turkeys dread,
At length his forfeit life hath paid ;
See on the wall his wings difplay'd,
Here nail'd, a terror to his kind,
My fowls fhall future fafety find ;
My yard the thriving poultry feed,
And my barn's refufe fat the breed.

Friend, fays the Sage, the doom is wife ;
For public good the murd'rer dies.
But if thefe tyrants of the air
Demand a fentence fo fevere,
Think how the glutton-man devours ;
What bloody feafts regale his hours !
O impudence of power and might,
Thus to condemn a hawk or kite,
When thou perhaps, carniv'rous finner,
Hadft pullets yefterday for dinner !

Hold,

T' arresta, diffe il Villan pien di fdegno ;
    Forfe dovran trattarfi a un modo ifteffo
    Gli Uomini, e i Nibbj ? a te fia ben palefe,
    Ch' empiendo il Cielo di creature il Mondo,
    Fatto n' ha l' Uomo lor fovran padrone.

Così i Tiranni ancor foglion vantarfi,
    Ripiglia il faggio, le cui ftragi, e i fcempi,
    Sol nafcon dal poter, dal vano orgoglio.
    Confeffa dunque, come venne uccifo
    Il Nibbio poverino al par de' gli Uomini,
    Per foftener il tuo foverchio luffo.
    Mentr' " hanno ad incontrar il fato eftremo
    " I piccioli bricconi, acciò i più grandi
    " Poffan godere il pofto lor fovrano."

Hold, cried the Clown, with paffion heated,
Shall kites and men alike be treated ?
When heav'n the world with creatures ftor'd,
Man was ordain'd their fov'reign lord.

Thus tyrants boaft, the Sage reply'd,
Whofe murders fpring from power and pride.
Own then this manlike kite is flain
Thy greater luxury to fuftain ;
For " Petty rogues fubmit to fate,
" That great ones may enjoy their ftate."

C c   F A·

FAVOLA XXIV.

La Moglie del Castaldo, ed il Corv

E PERCHE' mai pianger tanto,
    Perchè molle è il ciglio, e 'l volto ?
    Morto è l' altro Spófo, o in tanto,
    (Ciò che fora or peggio molto)
    Dopo eftinto il buon marito,
    Non s' offerfe altro partito ?

Me infelice ! a te il mio male
    Tropp' è noto ; il dirlo è vano.
    Sparfo vedi in terra il fale,
    Che mi cadde fuor di mano ;
    Fatta poi s' è una crocetta
    Tra il coltello, e la forchetta.

E per mia peggior fciagura
    Quefto accadde un Venerdi,
    Giorno, in cui maggior paura
    Ho di tutti gli altri dì :
    Bramerei, tanto è il fofpetto,
    Salva or foffi a cafa, e in letto !

FABLE XXIV.

The FARMER's WIFE and the RAVEN.

WHY are thofe tears ? why droops your
    head ?
Is then your other hufband dead ?
Or does a worfe difgrace betide ?
Hath no one fince his death apply'd ?

Alas ! you know the caufe too well :
The falt is fpilt, to me it fell.
Then to contribute to my lofs,
My knife and fork were laid acrofs ;

On Friday too ! the day I dread !
Would I were fafe at home in bed !

Laft

La paſſata notte ancora,
  (Sallo il Ciel s' io dico il vero)
  Da le fiamme ſcoppiò fuora
  Un carbon funeſto, e nero ;
  Un carbon ch' avea le forme
  D' una bara atra, e diforme.

Con la prima Poſta aſſai ·
  Qualche nuova io temo udire,
  Ch' altri nuovi affanni, e guai
  Abbia a farmi ſofferire.
  Voglia il Ciel, ch' oda eſſer ſani
  Li parenti miei lontani.

Laſcia, o vedova infelice,
  Di bagnar di pianto il volto,
  Che pel ſol timor non lice
  Rattriſtarſi o poco, o molto ;
  Nè il ſoſpeſo tuo appetito
  Trovi il cibo men gradito.

Mangia adeſſo, e ſe tu vuoi
  Quando il pranzo al fin è giunto
  Piangi pure ; e tolto poi
  Via il bicchiere, all' ora a punto
  Per deſert in ſu la tavola
  Leggerotti una mia Favola.

Mentre

Laſt night (I vow to heav'n 'tis true).
Bounce from the fire a coffin flew.

Next poſt ſome fatal news ſhall tell.
God ſend my Corniſh friends be well !

Unhappy widow, ceaſe thy tears,
Nor feel affliction in thy fears.
Let not thy ſtomach be ſuſpended ;

Eat now, and weep when dinner's ended ;
And when the butler clears the table,
For thy deſert, I'll read my fable.

Betwixt

Mentre un giorno in su 'l mattino
   La mogliera d' un Caftaldo
   Sopra un vecchio fuo ronzino,
   Che di gambe era mal faldo,
   Se ne giva a cavalfcioni,
   Con le cefte ciondoloni ;

E fpingendo quel fovente
   S' avviava in ful mercato,
   Già fommando entro a la mente
   Tutto ciò, che ricavato
   Colà giunta ella averia
   De la varia mercanzia.

Ecco a pena fu rifcoffa
   Dal bel fogno di denaro,
   Tutto a un tratto accefa, e moffa
   Nel fuo cor da fdegno amaro,
   D' ogni lato, invelenita
   Schiamazzar così s' è udita.

Quel malvagio Corbacchione
   Di quell' alta quercia in cima
   Lì a finiftra, in fuo fermone
   Cofe infaufte par ch' efprima,
   E un tal guajo a me predica,
   Ch' isfuggir potrò a fatica.

Betwixt her fwagging pannier's load
A farmer's wife to market rode,

And jogging on, with thoughtful care
Summ'd up the profits of her ware ;

When, ftarting from her filver dream,
Thus far and wide was heard her fcream.

That Raven on yon left-hand oak
(Curfe on his ill-betiding croak)

Bodes

Così diffe ; e in un iftante.
    Il di lei cieco ronzino,
    Inciampando i piè dinante,
    Cadde a terra il poverino.
    Quì il panier ebbe a verfarfe
    E fon l 'uova rotte, e fparfe.

Ella ancor caduta, e iftefa
    Su di quel giallo terreno,
    D' alta doglia, e affanno prefa
    Al furor già allenta il freno ;
    E beftemmia, e maledice !
    Pofcia al Corvo così dice.

Poffà, o trifto, a te venire
    Il gavocciol, che t' ingoi,
    E verran così a finire
    I malvagi augurj tuoi ;
    Quel tuo canto, io già il fapea,
    Gran fciagure predicea.

Quì a lei voltò il fuo parlare.
    Lafcia, o donna, i giuramenti,
    Diffe il Corvo, e a ben nettare
    Le man bada, e i veftimenti.
    Perchè a me fenza ragioni
    Tante or dar maledizioni ?

Tutta

Bodes me no good.   No more fhe faid,
When poor blind Ball, with ftumbling tread,
Fell prone ; o'erturn'd the pannier lay,
And her mafh'd eggs beftrow'd the way.

She fprawling in the yellow road,
Rail'd, fwore, and curs'd. Thou croaking toad !

A murrain take thy whorefon throat !
I knew misfortune in the note.

Dame, quoth the Raven, fpare your oaths,
Unclench your fift, and wipe your cloaths.
But why on me thofe curfes thrown ?

                    Goody,

Tutta è tua la colpa in vero;
   Vano è il darne ad altri il carico.
   Che se un più saggio pensiero
   Posto avesse il fragil carico
   Su la vecchia tua Cavalla,
   Che di piè già mai non falla;

Quando usciti i Corvi ancora
   Fosser tutti del Paese,
   E la voce tua sonora,
   Cui simil mai non s' intese,
   Vinta avessero, e conquisa
   Co 'l gracchiar di tuono in guisa;

La Cavalla i piedi certo
   Sempre fermi avria tenuto,
   Nè un simil grave sconcerto
   A te mai fora accaduto;
   E nel mentre io parlo, intere
   Sarian l' uova nel paniere.

oody, the fault was all your own ;
or had you laid this brittle ware,
n Dun the old ſure-footed mare,

hough all the Ravens of the hundred,
'ith croaking had your tongue out thunder'd,

re footed Dun had kept her legs,
ıd you, good woman, ſav'd your eggs.

FAVOLA XXV.

La Femina del Gallinaccio, e la Formica.

OSSERVAR noi poſſiam ne l' altre genti
  I lor difetti, e biaſmar la feſtuca,
  Che de' medeſmi tal' or gli occhi ingombra ;
  E in tutto ciechi a i noſtri propri falli,
  Aſſai più gravi, ſol troviamo in eſſi
  Ogni picciola macchia, o difettuccio.

D' un Gallinaccio la mogliera un giorno
  Infaſtidita del volgar ſuo cibo,
  Laſcia il granajo, e i piè rivolge al boſco.
  Dietro a lei corron toſto i figliuolini,
  Che quà e là vanno raccogliendo il grano.

Appreſſatevi, o cari, a gridar preſe
  All' or la madre, e queſta collinetta
  Fia che ci appreſti un delicato cibo.
  Eccovi quella, tanto eſteſa razza
  De' laborioſi Mori, e 'l luogo tutto
  Pe' milion d' eſti inſetti or nereggiante.
  Non abbiate timor, ma com' io faccio,
  Voi pur tutti mangiate in libertade ;
  Che la Formica è un cibo gentiliſſimo.

Quanto

FABLE XXV.

The Turkey and the Ant.

IN other men we faults can spy,
And blame the mote that dims their eye,
Each little speck and blemish find,
To our own stronger errors blind.

A Turkey, tir'd of common food,
Forsook the barn, and sought the wood;
Behind her ran an infant train,
Collecting here and there a grain.

Draw near, my birds, the mother cries,
This hill delicious fare supplies;
Behold, the busy Negroe race,
See millions blacken all the place!
Fear not. Like me with freedom eat;
An Ant is most delightful meat.

How

Quanto mai fora invidiata, e lieta
La vita noſtra, ſe dal rio coltello
Noi poteſſim fuggir del Pollajuolo !
Ma l' Uomo, ahimè ! l' Uom triſto, e
    maledetto,
De' Gallinacci fa terribil ſcempio ;
Ed a noi tutti del Natal le feſte
Miſeramente accorciano la vita.
Appreſtati tal' or ſiam ne le menſe
Con la ſalſa de l' oſtriche, e tal volta
Con il filetto d' inſalato porco ;
E cominciando dal vil contadino
Per ſino al gran ſignor, vuol ciaſcheduno
Che ſe gli appreſti il Gallinaccio in tavola.
Sia maledetta pur de l' Uom la gola,
Peccato ch' è il peggior fra tutti i ſette.

Una Formica all' or, che rampicandoſi
    Sen gìa diſcoſta dal poter di quella
    Sopra d' un faggio poco indi lontano,
    In guiſa ſomigliante a lei riſpoſe.
    Pria che sì bene l' altrui colpe oſſervi,
    Di tua coſcienza eſamina l' interno :
    Quel tuo correggi più vorace roſtro ;
    E per fare una ſola collazione,
    Non recar morte a le nazioni intere.

F A -

How blefs'd, how envy'd were our life,
Could we but 'fcape the poult'rer's knife !
But man, curs'd man, on turkeys preys,
And Chriftmas fhortens all our days :
Sometimes with oifters we combine,
Sometimes affift the fav'ry chine.
From the low peafant to the lord,
The Turkey fmokes on ev'ry board.
Sure men for gluttony are curs'd,
Of the fev'n deadly fins the worft.

An Ant, who climb'd beyond his reach,
Thus anfwer'd from the neighb'ring beech.
Ere you remark another's fin,
Bid thy own confcience look within ;
Controul thy more voracious bill,
Nor for a breakfaft nations kill.

F A.

FAVOLA XXVI.

Le due SCIMMIE.

IL Letterato pien d' orgoglio interno
Burla de' fciocchi l' efterna apparenza ;
Lo fciocco, del faper nemico eterno
Del pedante fi ride, e d' ogni fcienza :
E quel, che fan tra lor quefte perfone,
Far fcorgefi a vicenda ogni Nazione.

Lo Spagnuolo, ch' è un gran milantatore
Grave, e affettato difprezza il Fancefé
Pel fuo vivace brio, leggero umore ;
Ma l' altro la pariglia a dargli apprefe,
E lui deride qual caricatura,
Che i guardi, i detti, e i paffi in fin mifura.

Gl' Inglefi, ch' hanno un mifto d' ambedue,
Il brio Francefe, e 'l grave umor Spagnuolo,
Più faggi folo ne le menti fue
Pur burlar voglion l' uno e l' altro ftuolo :
Ma d' un' egual moneta ancor pagati,
Son poi d' entrambe le Nazion burlati.

Forf

FABLE XXVI.

The two MONKEYS.

THE learned, full of inward pride,
The Fops of outward fhow deride ;
The Fop with learning at defiance,
Scoffs at the Pedant, and the fcience :

The Don, a formal folemn ftrutter,
Defpifes Monfieur's airs and flutter ;
While Monfieur mocks the formal fool,
Who looks, and fpeaks, and walks by rule.

Britain, a medley of the twain,
As pert as France, as grave as Spain ;
In fancy wifer than the reft,
Laughs at them both, of both the jeft.

Forſe de' verſi l' armonioſo ſuono
   Ogni buon Proſator non taccia, e iſprezza ?
   Là 've i Poeti, che pien d' eſtro ſono
   Sprezzan la Proſa, e la ſua umil fiacchezza.
   L' Uom ſuol burlar la Scimmia, ed ella lui,
   Poi che Scimmie a la ſteſſa ſembrian nui.

Due Scimmie un dì ſen vennero a la Fiera
   Di *Southvvark*, e d' ambe era l' aſpetto
   D' aria sì grave, e in guiſa tal ſevera,
   Che ben fora ad un Critico diſdetto.
   Paſſaro un folto ſtuol nel lor cammino,
   Attento a udir gli ſcherzi di Arlichino.

Quindi i Viglietti ancor preſero toſto,
   Per veder un famoſo ſaltatore,
   E toccò ad eſſe in ſorte il primo poſto
   A punto ne la fila ſuperiore.
   Ma quel lor volto così grave, e attento
   Deſtò per tutto il riſo in un momento.

Guata, diſſe, una a l' altra ſua ſorella,
   Come mai ſon queſte genti mal nate.
   Ma il riſo quì la turba rinnovella,
   E ſuonar s' ode in torno le fiſchiate ;
   Nè prima il gran romor venne a ceſſare,
   Che vider lo ſpettacol cominciare.

Ei

Is not the poet's chiming clofe
Cenfur'd by all the fons of profe ?
While bards of quick imagination
Defpife the fleepy profe narration.
Men laugh at Apes, they Men contemn ;
For what are we, but Apes to them ?

Two Monkeys went to *Southwark* fair,
No critics had a fourer air :
They forc'd their way through draggled folks,
Who gap'd to catch Jack-pudding's jokes ;

Then took their tickets for the fhow,
And got by chance the foremoft row.
To fee their grave obferving face,
Provok'd a laugh through all the place.

Brother, fays Pug, and turn'd his head,
The rabble's monftroufly ill-bred.
Now through the booth loud hiffes ran ;
Nor ended till the fhow began.

E e 2

The

Ei lesto in torno si va raggirando,
   Con capitombol varj il terren scuote ;
   E su la corda a un tratto poi balzando,
   Saltar fa quella sotto il piè maestro :
   Ne l' aria in alto dondolando vassi
   E tal' or torto, e tal' or chino ei stassi.

Ora su quellà ancor salir si vede
   Con le sue preste, attortigliate braccia.
   Le genti a pena danno a gli occhi fede,
   Tal meraviglia i sensi, e l' alme allaccia ;
   E con un gran percuotere di mani
   Fan plauso a' giuochi suoi sì varj, e strani.

Mentre il popol si stava in quest' azione,
   Sorridendo una Scimmia prese a dire,
   Se a le gran Scimmie adorne di ragione
   Codeste ciance or foglion sì aggradire,
   De l' arte nostra quai farian stupori !
   Certo ci presterian Divini onori.

Io già t' ho visto rampicarti in cima
   D' un ramoscello, e a quel scherzare in torno,
   Attortigliarti (e ciò che più si estima,)
   Girar per l' aria a punto l' altro giorno.
   Potran que' goffi con fardel d' impaccio,
   Per gli alber' ir fuggendo, com' io faccio ?

Pur

The tumbler whirls the flip-flap round,
With Somerfets he fhakes the ground ;
The cord beneath the dancer fprings ;
Aloft in air the vaulter fwings ;
Diftorted now, now prone depends,

Now through his twifted arms afcends :
The crowd, in wonder and delight,
With clapping hands applaud the fight.

With fmiles, quoth Pug, If pranks like thefe
The giant Apes of reafon pleafe,
How would they wonder at our arts ;
They muft adore us for our parts.

High on the twig I've feen you cling ;
Play, twift and turn in airy ring :
How can thofe clumfy things, like me,
Fly with a bound from tree to tree ?

But

Pur da sì grandi applausi a colui fatti
Noi ben veggiam, ch' or questi emulatori ;
Di nostra illustre stirpe, e de' nostr' atti,
Son del merto ch' è in noi conoscitori ;
Ch' han pe' talenti nostri estimazione,
Se premian sì una vile imitazione.

Quì sogghignando disse la compagna,
   Saggio è in ciò l' Uom, d' accordo io teco sono,
   E qualche laude a ragion si guadagna,
   Qual' or imita un bell' esempio, e buono.
   Ma quando ei lascia di seguir sua guida,
   Uop' è il suo orgoglio imitator derida.

Mentre quant' ella è mai bizzarra cosa
   Il veder l' Uom star sempre ritto in piede,
   Perchè tal' ora su due piè si posa
   La nostra specie, ed ei ciò far noi vede ?
   Questa vil turba dunque odiar io deggio,
   Che sempre imita de le cose il peggio.

F A.

But yet, by this applaufe, we find
Thefe emulators of our kind
Difcern our worth, our parts regard,
Who our mean mimics thus reward.

Brother, the grinning mate replies,
In this I grant that Man is wife.
While good example they purfue,
We muft allow fome praife is due ;
But when they ftrain beyond their guide,
I laugh to fcorn the mimic pride.

For how fantaftic is the fight,
To meet men always bolt upright,
Becaufe we fometimes walk on two !
I hate the imitating crew.

F A.

FAVOLA XXVII.

La Civetta, ed il Castaldo.

UNA Civetta, che moſtrava impreſſa
La gravità ne 'l volto, e portamento,
E ſimile al Gran Turco aſſai di rado
In pubblico apparia, tenea il ſuo albergo
Dentro un granajo, ch' era molto acconcio
Per far ſue miglior prede a un tempo iſteſſo,
E le profonde ſue contemplazioni
Stavaſi aſſiſa d' una trave in cima,
Ed or faceva con la teſta cenni,
E parea ancor penſar di tratto in tratto:
Come veggiam tal' ora un Novelliſta
Leggere la *Gazzetta*, o il *Poſtiglione*
E fumare, e far cenni, e favellare
A baſſa voce, e de l' Europa tutta
Già fiſſare in ſua ſtanza il gran deſtino.

Si come era coperto il pavimento
Di bei covon di biade ammonticchiati,
Su 'l far del dì portoſſi il buon Caſtaldo
Ad oſſervar le varie proviſioni ;
Quando l' oſpite altero in ſimil guiſa
A lui paleſi feo ſuoi nobil vanti.

FABLE XXVII.

The Owl and the Farmer.

AN Owl of grave deport and mien,
Who (like the Turk) was feldom feen,
Within a barn had chofe his ftation,
As fit for prey and contemplation.
Upon a beam, aloft he fits,
And nods, and feems to think, by fits.
So have I feen a man of news,
Or *Poft-boy*, or *Gazette* perufe ;
Smoke, nod, and talk with voice profound,
And fix the fate of Europe round.

Sheaves pil'd on fheaves hid all the floor.
At dawn of morn, to view his ftore
The farmer came. The hooting gueft
His felf-importance thus expreft.

F f   Reafon

La ragione, onde l' Uom si pregia tanto,
   In esso è vana pretensione, ingiusta :
   Quant' ei mai bassi, e umil ne l' alma ha i sensi !
   Il trattar, come fa, con tal disprezzo
   L' Augello de la notte, a pien dimostra
   L' odio, o pur la follia del core Umano.
   Quant' egli è ancor parzial nel dar le lodi ;
   Quando avvien che la Lodola, e 'l Fanello
   Al rio giudizio di sue guaste orecchie,
   Co 'l garrir del lor vil nojoso canto
   Soglian tanto riuscir graditi, e accetti ;
   E quando ogni Usignuolo appar divino.
   Ma tutta insieme la pennuta schiatta,
   Che di sì fatte cose è più intendente,
   Mi scorge impressa la sapienza in volto.
   Ogn' or che visitar mi degno il giorno,
   Qual mai stuolo d' augei mi fa corteggio !
   Essi de' schiavi al par mi corron dietro,
   E me confessan di più illustre origine.

A un tal parlare il buon Castaldo accorto
   A rider prese, e così a lei rispose.
   Forse averesti ardir, stupido, e vile
   Pallon d' orgoglio, con quest' aspra voce
   Gli uccelli biasimar, ch' han dolce canto ?
   Lo sdegno affrena, e sappi omai che tutti
   E gli uomini, e gli augei te sol riguardano
   Per quel che in fatto sei, sol per Civetta.
Poscia

Reafon in man is mere pretence :
How weak, how fhallow is his fenfe !
To treat with fcorn the Bird of night,
Declares his folly, or his fpite.
Then too, how partial is his praife !
The lark's, the linnet's chirping lays
To his ill-judging ears are fine ;
And nightingales are all divine.
But the more knowing feather'd race
See wifdom ftamp'd upon my face.
Whene'er to vifit light I deign,
What flocks of fowl compofe my train !
Like flaves, they crowd my flight behind,
And own me of fuperior kind.

The Farmer laugh'd, and thus reply'd :
Thou dull important lump of pride,
Dar'ft thou with that harfh grating tongue
Depreciate birds of warbling fong ?
Indulge thy fpleen.   Know men and fowl
Regard thee, as thou art, an Owl.

F f 2

Befides,

Poscia non ti vantar, stolto orgoglioso,
Di ciò, ch' or pur dicesti esser tuoi schiavi,
Che ti vengono dietro, e fan corteggio :
Mentre assai pochi son coloro al Mondo,
Che sieguon la sapienza, e i suoi dettami,
Ma gli sciocchi ridicoli, e affettati
Di seguir gli altri sciocchi han per costume.

Befides, proud Blockhead, be not vain
Of what thou call'ft thy flaves and train,
Few follow wifdom or her rules ;
Fools in derifion follow fools.

F A.

FAVOLA XXVIII.

Li Giocolari.

Fuvi un tempo un Giocolare
Di tal merto, e qualitade,
E sì esperto ne 'l suo affare,
Che per tutta la Cittade
Da molt' anni avea acquistato
Gran concetto, e un ricco stato.

Certo voi creduto avreste
Su la cima di sue dita,
Che moveansi agili e preste,
Per virtù strana, inaudita,
Qualche diavol si trovasse,
Che in occulta forma oprasse.

Udì il *Vizio* a sorte un giorno
Favellar del suo concetto ;
In più luoghi ei lesse in torno
Il suo Invito, o sia Viglietto :
E convinto entro il suo core,
Ch' esser debba a se inferiore,

Fosse

FABLE XXVIII.

The JUGGLERS.

A JUGGLER long through all the town
Had rais'd his fortune and renown;

You'd think (so far his art transcends)
The Devil at his finger's ends.

Vice heard his fame, she read his bill;
Convinc'd of his inferior skill,

Fosse invidia, o emulazione,
    Va trovàrlo ov' era avvezzo
    A un gran stuolo di persone
    Far veder suoi giuochi a prezzo;
    E con alta voce altera
    Quello isfida in tal maniera.

Quest' è adunque l' uomi cotanto
    Nel giocar di man famoso ?
    E fia ver che diasi il vanto
    Un poltron vile, orgoglioso
    D' ingannare gli occhi vostri,
    E in confronto a me si mostri ?

Qual di noi sia il più valente
    Giusti giudici voi siate.
    Grida l' altro d' ira ardente
    Voi timor già a me non fate.
    Su via dunque; io son contento :
    Veniam pure al gran cimento.

Così disse, e in un istante
    Palle, e bussoli ei maneggia.
    Quello è là quest' è quì innante :
    Ma nessun v' ha poi che veggia
    Palla alcuna far cammino
    Verso il bussolo vicino.

Poi

She fought his booth, and from the crowd
Defy'd the man of art aloud.

Is this then he fo fam'd for flight ?
Can this flow bungler cheat your fight ?
Dares he with me difpute the prize ?

I leave it to impartial eyes.
Provok'd the Juggler cry'd, 'Tis done.
In fcience I fubmit to none.

Thus faid.   The cups and balls he play'd ;
By turns, this here, that there, convey'd.

G g

The

Poi le carte in man pigliate,
    Quelle il fuo comando udito,
    Tofto vengon trasformate,
    A lo fcrofcio fol d' un dito,
    In alcuni augei pennuti.
    Pel ftupor tutti fon muti.

Quindi empiute in pria di grano,
    Non fo quali fcatolette,
    L' invifibil, pronta mano
    Un diverfo gran vi mette :
    E ciafcun, fe bene attento,
    Sol ne ifcorge il cangiamento.

Siegue ad una altra novella
    Burla, e inganna il popol tutto.
    Scoffa poi la fua fcarfella,
    Fa vederla vuota in tutto ;
    Nulla è quivi, in man niente.
    Moftra le dita a chi è prefente.

Ma ad un cenno ecco da quefta
    Una pioggia d' oro ifcende.
    E al fparir, l' eburnee apprefta
    Ova fue, che in moftra ei iftende ;
    La man pronta indi avvicina,
    E ne tragge una gallina.

Gli

The cards, obedient to his words,
Are by a fillip turn'd to birds.

His little boxes change the grain :
Trick after trick deludes the train.

He fhakes his bag, he fhews all fair ;
His fingers fpread, and nothing there ;

Then bids it rain with fhowers of gold,
And now his iv'ry eggs are told.
But when from thence the hen he draws,

G g 2

Amaz'd

Gli ftorditi fpettatori
    Fanno applaufo al di lui merto.
    Quando il Vizio ufcito fuori
    S' è ne 'l mezzo a tutti offerto,
    Con le forme, e'gli ufitati
    Modi fuoi fcaltri, affettati.

Quefto magico criftallo,
    Che d' intorno a tutti io moftro,
    Alto ei grida, s' io non fallo
    Dee forprender l' occhio voftro.
    Già veloce più che pardo
    Ogn' un drizza a quello il guardo.

Con ftupor ciafcun in effo
    Scorge i veri fuoi fembianti.
    Quindi fattofi d' appreffo
    A un Signor che gli era innanti,
    E da tutti aveva onore
    Come Giudice, e Dottore :

Quefto fcritto offerva attento ;
    Egli è, diffe, una Cambiale.
    Qual mai gioja, e qual contento
    Non arreca un foglio tale ?
    Soffia ei tofto nel viglietto,
    Che fparifce qual folletto.

Quel

Amaz'd fpectators hum applaufe.
Vice now ftept forth, and took the place
With all the forms of his grimace.

This magic looking-glafs, fhe cries,
(There, hand it round) will charm your eyes.

Each eager eye the fight defir'd,
And ev'ry man himfelf admir'd.
Next to a fenator addreffing ;

See this bank-note ; obferve the bleffing.
Breathe on the bill. Heigh, pafs ! 'Tis gone.

Quel cangiato in chiaviſtello
   Al medeſmo il labbro chiude :
   Ma un comando ſuo novello
   Tal magia ſciolge, e delude.
   Tolto omai l' impedimento,
   Ei già parla in un momento.

Di bottiglie una dozzina
   V' era ſopra d' una menſa
   D' un liquore, onde in cantina
   Il miglior non ſi diſpenſa,
   Di tal ſorta, e sì gagliarda,
   Ch' a ubbriacare aſſai non tarda.

Que' ſtromenti d' allegrezza
   Toſto veggionſi ſparire
   Con mirabil, gran preſtezza ;
   E in lor cambio ecco apparire
   Due ſanguigne, acute ſpade
   Mezzi rei di crudeltade.

Una borſa in mano ei mette
   Ad un ladro a ſe vicino,
   E le dita a un tempo ha ſtrette
   A quel furbo malandrino,
   Ch' apre il pugno, e l' oro è andato ;
   Solo un laccio ei s' è trovato.

Una

Upon his lips a padlock ſhone.
A ſecond puff the magic broke ;
The padlock vaniſh'd, and he ſpoke.

Twelve bottles rang'd upon the board,
All full with heady liquor ſtor'd,

By clean conveyance diſappear,
And now two bloody ſwords are there.

A purſe ſhe to a thief expos'd ;
At once his ready fingers clos'd.
He opes his fiſt, the treaſure's fled ;
He ſees a halter in its ſtead.

She

Una verga di comando
    Porge deſſo a l' ambizione ;
    Ella in. man la piglia, quando
    Con ſua eſtrema ammirazione,
    Ne 'l voler iſtringer queſta,
    Una ſcure in man le reſta.

Moſtra quindi una caſſetta,
    Ch' elemoſine raccolge,
    E al toccar di ſua bacchetta,
    Ad un ſoffio in aer ſi ſciolge ;
    E in ſua vece uſcir ſi vede
    Quel buon' Uom che vi preſiede.

Queſto buon miniſtro ancora
    Non ſtè guari a far partenza ;
    E in ſua vece uſcir poi fuora,
    Con real magnificenza,
    Vi ſi vede un gran convito
    De i miglior cibi imbandito.

Prende il Vizio in man le carte,
    E le meſcola ben bene ;
    Poi con ſomma induſtria, ed arte
    In ſu 'l deſco a batter viene,
    E di taſca in un momento
    Tragge a ogn' un l' oro, e l' argento.

A uɴ

She bids ambition hold a wand ;
He grasps a hatchet in his hand.

A box of charity she shows:
Blow here ; and a church-warden blows.

'Tis vanish'd with conveyance neat,
And on the table smokes a treat.

She shakes the dice, the board she knocks,
And from all pockets fills her box.

She

A un cert' Uomo poi rivolto,
   Ch' era ſtato un mal vivente ;
   Guata, ei diſſe, or queſto volto,
   Onde faccio a te un preſente ;
   Quanto vaga è la figura
   Di codeſta mia pittura !

Com' è bello il volto, e 'l petto !
   Com' è freſca, e giovinetta !
   Come par che un vero affetto
   Ne' ſuoi ſguardi altrui prometta !
   Tienla ſalda ; io te la dono;
   Liberal per uſo i' ſono.

Ma qual' or già in mano averla
   Tutto allegro ei ſi credea,
   Qual ſtupor mai fu a vederla,
   Ch' altre forme ella prendea !
   E ad un tratto in man di quello
   V' ha di pillole un vaſello.

Toſto ogn' un ſi moſſe a riſo
   Di lui pien d' aſpri malori.
   Dietro queſti a l' improviſo
   Veder fa nuovi ſtupori ;
   Ed in mano a un vecchio avaro
   Mette un falſo aureo denaro.

A

She next a meagre rake addreſt.

This picture ſee ; her ſhape, her breaſt !
What youth, and what inviting eyes !

Hold her, and have her.   With ſurpriſe,
His hand expos'd a box of pills,

And a loud laugh proclaim'd his ills.
A counter in a miſer's hand,

                    Grew

A un suo cenno quel si muta
In quaranta bei zecchini ;
Ma tal somma pervenuta
A gli eredi più vicini,
Si trasforma in un istante
Nel denajo, ch' era innante.

Un zecchin voi quì mirate,
Come tocco con sua mano,
Fuor di vera caritate,
Prende ogn' altro aspetto strano ;
E ogni cosa o tocca, o vista
In sue man form' altre acquista.

Quì da vero addolorato
Ne rimase il Giocolare,
E da l' altro superato
Si professa a note chiare :
Ma perchè troppo gli duole,
Dice a lui queste parole.

Poss' io stare in competenza
Del giocar tuo senza pari ?
Quale han mai strana esperienza
Le tue man, quai pregi rari ?
Ma ingannar tal volta io tento :
Tu ogni giorno, ogni momento.

FA

Grew twenty guineas at command.
She bids his heir the sum retain,
And 'tis a counter now again.

A guinea with her touch you see
Take ev'ry shape, but charity ;
And not one thing you saw, or drew,
But chang'd from what was first in view.

The Juggler now in grief of heart,
With this submission own'd her art.

Can I such matchless slight withstand !
How practice hath improv'd your hand !
But now and then I cheat the throng ;
You ev'ry day, and all day long.

F A-

FAVOLA XXIX.

Il Bracco, ed il Cacciatore.

L' Impertinenza, all' or che apparve al Mondo,
   Ebbe del nafcer fuo fedel compagni
   Il vil difprezzo pien di trafcuranza
   Od i forrifi de lo fcherno amaro.
   Di fdegno accefo quale aver non debbe
   Pazienza eftrema chi uno fciocco ifoffre
   Che nel fuo oprar fuol fare ogn' or fchiamazzo?

Già il mattin defta li mortai dal fonno,
   E 'l Cacciator già fuona il corno; a un tempo
   Saltano fuori tutti allegri i Bracchi
   Con pronto paffo, e per entro le macchie,
   E per le fiepi ancor cercan la preda.
   Or fparfi in ampio giro, attentamente
   Offervan la pianura, e van fiutando
   In van le zolle di rugiada afperfe.
   Qual cura qual' induftria, e qual fatica!
   E qual v' ha d' ogni parte alto filenzio!

Lagone, un certo Can di nome ofcuro,
   Giovine, impertinente, e de la caccia
   Ignorante qual' era, tutto a un tratto

Feo

FABLE XXIX.

The HOUND and the HUNTSMAN.

IMpertinence at firſt is borne
With heedleſs ſlight, or ſmiles of ſcorn ;
Teaz'd into wrath, what patience bears
The noiſy fool who perſeveres ?

The morning wakes, the Huntſman ſounds,
At once ruſh forth the joyful hounds.
They ſeek the wood with eager pace,
Through buſh, through brier explore the chace.
Now ſcatter'd wide, they try the plain,
And ſnuff the dewy turf in vain.
What care, what induſtry, what pains !
What univerſal ſilence reigns.

Ringwood, a Dog of little fame,
Young, pert, and ignorant of game,

At

Feo risuonar la ciarliera sua voce.
La brava muta de gli esperti Bracchi,
Senza punto badar a un tal romore
Va dietro il fiuto, e l' inesperto sciocco
Più che mai siegue a dar lor grave noja.

Tosto al rumor il Cacciatore accorse,
E la scoccante, pieghevol scoreggia
Con vigor dimenando, le sue costole,
E la sua schiena liscia ancor ben bene.
Il Cagnuolin con urli, e con istrida
In simil guisa i suoi lamenti espresse.

L' armoniosa mia voce, io ben lo veggio,
Gli è pur gran tempo, che ad invidia ha mosso
I vostri Bracchi : per cagion sì bella
Qual sprezzar non dovrassi insulto, ed onta ?
Questi acerbi dolor, ch' or soffro a torto,
Il frutto son del mio più illustre merto.

Qual' or s' odon ciarlar li Cagnuolini,
Esclama il Cacciator, mostrano a un tempo
La di loro ignoranza, e'l loro orgoglio.
Ben posson dentro a noi destar gli sciocchi
Il sol disprezzo, non già invidia alcuna ;
Che una specie di lode è ancor l' invidia.
Se non t' avesse la tua ardita lingua,
Ch' ogn' or far vuole un così gran schiamazzo,

Reso

At once difplays his babbling throat ;
The pack, regardlefs of the note,
Purfue the fcent ; with louder ftrain
He ftill perfifts to vex the train.

The Huntfman to the clamour flies ;
The fmacking lafh he fmartly plies.
His ribs all welk'd, with howling tone
The puppy thus exprefs'd his moan.

I know the mufic of my tongue
Long fince the pack with envy ftung.
What will not fpite ? Thefe bitter fmarts
I owe to my fuperior parts.

When puppies prate, the Huntfman cry'd,
They fhow both ignorance and pride :
Fools may our fcorn, not envy raife,
For envy is a kind of praife.
Had not thy forward noify tongue
Proclaim'd thee always in the wrong,

      Thou

Refo già noto altrui, ma fempre a torto,
Tu ancor potuto avrefti or co 'l reftante
Frammifchiarti de' Cani, e mai fcoperta
Del fiuto l' ignoranza in te non fora.
Ma gli fciochi a parlar difpofti ogn' ora
Ponno effer certi con lor vane ciarle,
Di far la fua fciocchezza a ogn' un palefe.

F A-

Thou might'ft have mingled with the reft,
And ne'er thy foolifh nofe confeft.
But fools to talking ever prone,
Are fure to make their follies known.

FAVOLA XXX.

Il Poeta, e la Rosa.

Abborrir quell' Uom io foglio,
    Che il buon nome altrui rovina,
    E fu d' efto inftabil foglio
    La fua fama alzar deftina.

Così certe contegnofe
    Co 'l biafmar l' altrui condotta,
    Credon renderfi famofe,
    Se d' alcuna il merto annotta.

L' Autor fciocco in fimil guifa,
    Defiofo affai d' onori,
    Co 'l dir mal d' altrui s' avvifa
    Intrecciare al crin gli allori.

I Poeti, e infiem le Belle
    Son ne 'l vano orgoglio eguali,
    E con arti ogn' or novelle
    Biafmar fogliono i rivali.

Chi

FABLE XXX.

The POET and the ROSE.

I HATE the man who builds his name
On ruins of another's fame.

Thus prudes, by characters o'erthrown,
Imagine that they raise their own.

Thus Scribblers, covetous of praise,
Think slander can transplant the bays.

Beauties and bards have equal pride,
With both all rivals are decry'd.

Who

Chi di Clori il bel fembiante,
    Gli occhi neri efalta, e onora,
    Dovrà dir, ch' a lei dinante
    L' altra fuora è brutta ogn' ora.

Perchè certa è di riufcire
    La graziofa adulazione,
    Quando l' uom venga a ferire
    Qualche Bella in fuo fermone.

Un Poeta entro a un giardino
    Trafcorrea nel lieto Maggio,
    Pria che il frefco mattutino
    Men veniffe al folar raggio.

I più grati, e fcelti odori
    A lui fpargonfi d' in torno,
    Fuor de' vaghi gentil fiori,
    Ch' ogni ftelo offriva adorno.

Ma fra tutti i fior diverfi
    Una Rofa al fin ei tolfe,
    E co gli occhi a lei converfi,
    Con ftupor, le labbra ifciolfe.

Da

Who praises LESBIA's eyes and feature,
Must call her sister aukward creature ;

For the kind flatt'ry's sure to charm,
When we some other nymph disarm.

As in the cool of early day
A poet sought the sweets of May,

The garden's fragrant breath ascends,
And ev'ry stalk with odour bends.

A rose he pluck'd, he gaz'd, admir'd,

Thus

Da la Mufa fua ifpirato
   A cantar comincia, e dice ;
   Vanne, o Rofa, il delicato
   Colorir bel fen di Nice.

Se in tua vece or foffi un poco,
   Com' io fora lieto a pieno,
   Ben accolto entro a quel loco
   Con amor, che mai vien meno !

O deftino in ver felice !
   Ivi fotto a gli occhi fuoi,
   Bel morir ! come Fenice
   Là ne' bofchi, e lidi Eoi.

Sappi, or fiore mefchinello,
   Quì tai rofe incontrerai,
   Tal foave odor novello,
   Ch' il tuo odor vince d' affai.

Già mi fembra te vedere
   Chino il capo languidetto,
   Apaffita rimanere
   Per invidia, e per difpetto:

Ma

Thus finging as the Mufe infpir'd.
Go, Rofe, my CHLOE's bofom grace ;

How happy fhould I prove,
Might I fupply that envy'd place
With never-fading love !

There, Phœnix-like, beneath her eye,
Involv'd in fragrance, burn and die !

Know, haplefs flower, that thou fhalt find
More fragrant rofes there ;

I fee thy with'ring head reclin'd
With envy and defpair !

                     One

Ma provar senza difesa
    Dovrem ambo un fato istesso ;
    Tu morir da invidia offesa,
    Io dal troppo amore oppresso.

Quì una Rosa assai sdegnata,
    Ch' a lui dietro si vedea,
    Prese a dir, esser beffata
    Da tutt' altri io ben credea.

Che far mai potria un Poeta,
    Senza il nostro ajuto, e l' opra,
    Se, qual frase consueta,
    In cantar d' amor ci adopra ?

De le Rose rimembranza
    Fa ogni Rima, ogni Sonetto ;
    Noi facciamo a lui prestanza
    D' un colore, e odor perfetto.

Può di Nice a la bellezza,
    Che ne i cor ispira amore,
    Un esempio che noi sprezza,
    Recar forse gloria, e onore ?

One common fate we both muſt prove ;
You die with envy, I with love.

Spare your compariſons, reply'd
An angry roſe, who grew beſide.
Of all mankind you ſhould not flout us ;

What can a Poet do without us !

In ev'ry love-ſong roſes bloom ;
We lend you colour and perfume.

Does it to CHLOE's charms conduce,
To found her praiſe on our abuſe ?

Muſt.

Per lei dunque dovrem noi,
   Sol per mera adulazione,
   Venir men d' invidia, e poi
   Appassir da l' afflizione ?

Muſt we, to flatter her, be made
To wither, envy, pine and fade ?

F A V O L A XXXI.

Il Can Bastardo, il Cavallo, ed il Cane d' un Pastore.

Q U E L ragazzo, che pien del proprio merto
   Crede il tutto faper, mai non confente
   Abbaffar l' alma con penfier modefti ;
   E con tal pretenfion fu gli altri tutti
   Scioglie egualmente la fua facil lingua.
   Sparger fi fcorge a la rinfufa in tanto
   Con ftrepito, e fchiamazzo i propri fcherzi ;
   E con impertinenza ifparla, e burlafi
   De gli inimici a un tempo, e de gli amici.
   Color che fanno i bravi o fia ne l' armi,
   O in motteggiare con vivaci detti,
   I fabri fono de la propria infamia.
   Sol troppo tardi quefti arditi giovani
   A conofcer verran che al fin le burle
   Si pagan fpeffo ne la fpecie ifteffa ;
   O fe pur deffe vengano a ferbarfi,
   Quafi cancrena in cor, chiaro vedraffi,
   Ch' ogn' un che burla altrui, faffi un nemico.

Certo Can di Villaggio, ufcito fuore
   Di trifta razza, e di quel vicinato
   Il più ciarliero ancor, fi pofe in mente,

Che

FABLE XXXI.

The Cur, the Horse, and the Shepherd's Dog.

THE lad of all-sufficient merit,
With modesty ne'er damps his spirit;
Presuming on his own deserts,
On all alike his tongue exerts;
His noisy jokes at random throws,
And pertly spatters friends and foes.
In wit and war the bully race
Contribute to their own disgrace.
Too late the forward youth shall find
That jokes are sometimes paid in kind;
Or if they canker in the breast,
He makes a foe who makes a jest.

A Village-cur, of snappish race,
The pertest Puppy of the place,

Imagin'd

Che di fua gola il buon organo acuto
Aveffe il don del più armoniofo canto.
Stavafi quello de la ftrada in mezzo
Al Sol efpofto, e con l' alte fue ftrida
Era di quel fentier perpetua noja ;
Mentre paffarvi non potea veruno,
Che non aveffe del fuo canto un faggio.

Sì tofto che trottar ode un cavallo,
Scuotefi, e rizza le fue pronte orecchie,
E via correndo i di lui piedi affalta :
Or fentefi ringhiar a quel vicino,
Or da lontano abbaja, e fa fchiamazzo ;
E co 'l nojofo fquillar di fua voce
Lo ftà afpettando, e in pace mai no 'l lafcia,
Fin che non giunga del Villaggio al fine.

Avvenne un dì, per lui funefto in vero,
Ch' una Chinea fen già per quella ftrada
A lento paffo ; e 'l Cagnaccio infolente
Con quella voce, che non tacque unquanco,
In contro al foreftier tofto s' avventa.
Moffo il Cavallo da l' affronto a fdegno
Tirò de' calci in dietro, e 'l poverino
Rotolando pel fango, ed ululando,
Iftefo giacque, e pien di fangue a terra ;
Ma feguì l' altro il fuo cammino in pace.

Il

Imagin'd that his treble throat
Was bleſt with muſic's ſweeteſt note;
In the mid road he baſking lay,
The yelping nuiſance of the way;
For not a creature paſs'd along,
But had a ſample of his ſong.

Soon as the trotting ſteed he hears,
He ſtarts, he cocks his dapper ears;
Away he ſcours, aſſaults his hoof
Now near him ſnarls, now barks aloof;
With ſhrill impertinence attends;
Nor leaves him till the village ends.

It chanc'd upon his evil day,
A Pad came pacing down the way:
The Cur, with never-ceaſing tongue,
Upon the paſſing trav'ler ſprung.
The Horſe, from ſcorn provok'd to ire,
Flung backward; rolling in the mire,
The Puppy howl'd, and bleeding lay;
The Pad in peace purſu'd his way.

Il Cane d' un Paſtor, che il fatto iſcorſe,
  Mentre deteſta l' inſolente razza,
  A quello fece il ſeguente diſcorſo.
  Qual' or gli ſciocchi prendono a ciarlare,
  Deſtan ne gli altri ſdegno, odio, o diſprezzo.
  Se un pò frenata con giudizio aveſſi
  L' importuna tua lingua, or certamente
  Coſì da ſciocco non fareſti morto.

F A-

A Shepherd's Dog, who saw the deed,
Detesting the vexatious breed,
Bespoke him thus.   When coxcombs prate,
They kindle wrath, contempt, or hate;
Thy teazing tongue had judgment ty'd,
Thou hadst not, like a Puppy, dy'd.

FAVOLA XXXII.

Il Giardiniere, ed il Porco.

U N Giardinier d' affai bizzarro umore,
   Affatto fingolar, s' era appigliato
   A favorire certo Porcellino,
   Da lui nudrito da gli altri in difparte.
   Per truogolo affegnata in preferenza
   Fu a quella fala ; ed il medefmo ancora
   Voltolarfi folea fotto la menfa,
   Poi dormir ne la ftanza del padrone,
   Ch' ogni giorno gli fea dolci carezze,
   E tutti gl' infegnaya i varj giuochi,
   Ch' infegnar s' ufa a gli altri animaletti.
   Ovunque ei fen veniva, in contro ad effo
   Di venir mai non manca il buon amico,
   E va grugnindo, e i fuoi favor già afpetta.

Si come un dì que' cari amici infieme
   Ufcian fuor paffeggiando ad offervare
   I diverfi lavor del bel giardino,
   Così al Porchetto il fuo padron favella.

Tutt'

FABLE XXXII.

The Gardener and the Hog.

A Gard'ner, of peculiar tafte,
On a young Hog his favour plac'd ;
Who fed not with the common herd ;
His tray was to the hall preferr'd.
He wallow'd underneath the board,
Or in his mafter's chamber fnor'd ;
Who fondly ftroak'd him ev'ry day,
And taught him all the puppy's play.
Where-e'er he went, the grunting friend
Ne'er fail'd his pleafure to attend.

As on a time, the loving pair
Walk'd forth to tend the garden's care,
The mafter thus addrefs'd the Swine.

My

Tutt' è tua la mia cafa, e tuo queſt' orto ;
　Qual' or tu vuoi, con le rape banchetta,
　De' fagiuoli, e piſei fa pur ſtravizzo ;
　E s' a te piace de' pomi di terra
　Il buon ſapore, o pur il dolce ſucco
　De le roſſe carotte, a crepa pancia
　Potrai mangiarne da mattina a ſera ;
　Ma ſerba poſcia il dovuto riſpetto
　Per queſti fiori, che i miei Tulipani
　D' eſto giardin ben ſono il primo vanto.
　Quanto mi coſtan mai que' bei quaderni !

Una mattina a ſorte traſcorrendo
　Sen giva il Porcellin la 've ſpumavano
　De' tini d' orzo, bello e preparato
　Per far la birra ; e toſto ei già incomincia
　A maſticarne li fumanti grani :
　Poſcia inſiem con le feccie, e con la broda
　A ſorbir venne quel liquor gagliardo.
　I velenoſi fumi al capo alzandoſi,
　Ecco che il Porco ubbriaco traballa,
　E gira in torno mezzo chiuſi gli occhi.
　Poi così barcollando a correr prende
　Per lo giardino, e quì calpeſta, e atterra
　De' pinti fior le ben diſpoſte fila :
　Co 'l grugno il terren ſcava, e ravvolgendolo,
　De le ſue ſpoglie il palato rinfreſca.

In

My houfe, my garden, all is thine.
On turnips feaft whene'er you pleafe,
And riot in my beans and peafe ;
If the potatoe's tafte delights,
Or the red carrot's fweet invites,
Indulge thy morn and evening hours,
But let due care regard my flowers :
My tulips are my garden's pride.
What vaft expence thofe beds fupply'd !

The Hog by chance one morning roam'd,
Where with new ale the veffels foam'd.
He munches now the fteaming grains,
Now with full fwill the liquor drains.
Intoxicating fumes arife ;
He reels, he rolls his winking eyes ;
Then ftagg'ring thro' the garden fcours,
And treads down painted ranks of flowers.
With delving fnout he turns the foil,
And cools his palate with the fpoil.

The

In quefto il padron giunge, e a pena ifcorta
   La gran rovina : la tua furia arrefta,
   Furfante, ei diffe ; adunque in fimil guifa
   Ti fei fcordato, ftolta beftia ingrata,
   Di quel mio folo ed unico comando,
   Aime ! tutti i miei fior ! Quivi ei non puote
   Più favellare, ma li guata fiffo ;
   Pel gran dolor fofpira, e 'l capo abbaffa.

Il Porco all' or balbettando rifpofe.
   Signor, fate ch' io fappia, perchè accefo
   S' è in voi lo fdegno : non vedete intatti
   I voftri fiori colà iftefi a terra ;
   Perch' io mangiate n' ho fol le radici.

A tai detti più accrebbefi lo fdegno
   Del Giardiniere afflitto, che lafciando
   Le beftemmie, e minaccie, al bafton paffa.
   L' oftinato animale i colpi foffre ;
   Gli fi avventa a le gambe, e ne fa ftrazio.

Ahi ! villan ftolto, troppo tardi omai
   Conofcer devi, ch' erano i porcili
   Sol fatti ad albergar sì fatti amici.

The Mafter came, the ruin fpy'd,
Villain, fufpend thy rage, he cry'd.
Haft thou, thou moft ungrateful fot,
My charge, my only charge forgot ?
What, all my flowers ! no more he faid,
But gaz'd, and figh'd, and hung his head.

The Hog with ftutt'ring fpeech returns :
Explain, Sir, why your anger burns.
See there, untouch'd your tulips ftrown,
For I devour'd the roots alone.

At this the Gard'ner's paffion grows ;
From oaths and threats he fell to blows.
The ftubborn brute the blows fuftains ;
Affaults his leg, and tears the veins.

Ah ! foolifh fwain, too late you find
That fties were for fuch friends defign'd !

Il pover Uomo con dolenti paſſi
    Ver la ſua caſa ſen va zoppicando ;
    E riflettendo a la ſciagura acerba,
    In ſimil guiſa i ſuoi lamenti eſprime.
    Chi prende affetto ad un brutal compagno,
    O preſto o tardi, certo in qualche tempo
    De la propria follia dovrà lagnarſi.

Homeward he limps with painful pace,
Reflecting thus on past disgrace :
Who cherishes a brutal mate,
Shall mourn the folly soon or late.

FAVOLA XXXIII.

L' Uomo, e la Pulce.

O SIA in terra, o pur ne l' aria,
   O del mar ne l' onda piana,
   Benchè in forma, e specie varia,
   Suol mostrarsi altera, e vana
   Ogni cosa che fornita
   E' di spirto, e alberga vita,

Vedi tu, come il Falcone
   Tutti gli altri augei rimira
   Quasi esposti a discrezione
   Di sue ingorde voglie, ed ira?
   E 'l Tiranno istima nato
   Schiavo l' Uom d' un Rege armato.

Quando il Granchio a passar viene
   Là 've son le perle sparte,
   O del Tago l' auree arene
   Mira poscia in altra parte,
   O sen va per torti calli
   Lungo un bosco di coralli,

E d

FABLE XXXIII.

The MAN and the FLEA.

WHETHER on earth, in air, or main,
Sure ev'ry thing alive is vain !

Does not the hawk all fowls furvey,
As deftin'd only for his prey ?
And do not tyrants, prouder things,
Think men were born for flaves to kings ?

When the Crab views the pearly ftrands,
Or TAGUS, bright with golden fands ;
Or crawls befide the coral grove,

And

E di sopra a se fra tanto
   Scorrer sente l' Oceano,
   Così dassi gloria, e vanto
   L' animale altero, e vano ;
   Troppo a me larga è Natura,
   Se piacer tai mi procura !

Qual' or spuntano vicino
   I garofani a le rose,
   E fuor manda ogni giardino
   Tiepidette aure odorose ;
   Quando poi ne' caldi giorni
   Son maturi, i frutti, e adorni ;

Mentre vaga rosseggiare
   Già rimirasi la pesca,
   Quale a punto rossa appare
   La polita guancia, e fresca
   Di NEREA, seggio d' amore,
   Se la tinge un bel rossore ;

E qual' or i rami pieganfi
   Per li già maturi fichi,
   E quand' è ch' in torno veggianfi
   Su gli ameni colli aprichi
   Di bei grappol saporiti
   Ne l' Autun carche le viti ;

And hears the ocean roll above ;
Nature is too profuse, says he,
Who gave all these to pleasure me !

When bord'ring pinks and roses bloom,
And ev'ry garden breathes perfume ;

When peaches glow with sunny dyes,
Like LAURA's cheek, when blushes rise ;

When with huge figs the branches bend,
When clusters from the vine depend ;

La Lumaca in torno guata
   Sopra i fior, l' erbe, e le piante ;
   E per me, la forsennata,
   Fatto è tutto quel ch' ho innante,
   Prende a dir d' orgoglio piena,
   Che più omai non tempra, e affrena.

Qual mai somma dignitade
   Ne l' umano esser si trova !
   Dice l' Uom, che in vanitade
   Tutte l' altre avanza in prova
   Più ambiziose creature,
   Ch' a lui sembran vili, e oscure.

Come a un alto scoglio in cima
   Ei volgea le luci in torno,
   Vide l' ampio mare in prima,
   E di sopra il Cielo adorno,
   Mentre il Sol scorrea leggero
   Per l' opposto altro Emisfero.

Risplendea l' argentea Luna,
   E le stelle a mille a mille
   Per la cheta notte, e bruna
   Spargean lucide scintille ;
   Quindi al Ciel le luci fisse,
   Sciolse il labbro, e così disse.

Quand'

The snail looks round on flow'r and tree,
And cries, all these were made for me!

What dignity's in human nature?
Says Man, the most conceited creature,

As from a cliff he cast his eye,
And view'd the sea and arched sky;
The sun was sunk beneath the main;

The moon and all the starry train,
Hung the vast vault of heav'n.   The Man
His contemplation thus began.

Quand' io miro quest' aspetto
    Sì leggiadro, e sì pomposo,
    E di sotto il vago obbietto
    Del terrestre globo acquoso ;
    Sparso a squamme il muto armento,
    Ch' ha nel mar vita, e alimento,

E le belve, che il suo albergo
    Han nel bosco, o pur nel piano,
    E gli augei, che l' ali al tergo
    Van per l' aere a mano, a mano ;
    Con la bruna notte il giorno,
    E 'l variar de l' anno adorno ;

Ben sapendo, a noi tai cose
    Dal Ciel esser destinate
    Come in don , ch' ei le dispose,
    Perchè sien da l' Uomo usate,
    E recar possan diletto
    A l' Uman Genere eletto ;

Io non posso alzarmi tanto
    Che maggior non sia il mio merto.
    A ragion dunqu' io mi vanto,
    E gran cosa i' son per certo !
    Non già quanto or quì ti pensi,
    Dir sentissi in chiari sensi.

Era

When I behold this glorious fhow,
And the wide wat'ry world below,
The fcaly people of the main,

The beafts that range the wood or plain,
The wing'd inhabitants of air,
The day, the night, the various year,

And know all thefe by heav'n defign'd
As gifts to pleafure human kind ;

I cannot raife my worth too high ;
Of what vaft confequence am I !
Not of th' importance you fuppofe,

Era questa una vil PULCE
   Adagiata a lui su 'l naso.
   Se te stesso al fin conosce,
   Non farai di te un gran caso ;
   Or t' umilia : ahi troppo male
   Stà l' orgoglio in Uom mortale.

Vanitade è quella solo
   Che sì gonfia ha la tua mente,
   A te forse il Cielo, e 'l suolo
   Dato fia, sì gran presente ?
   Noi sol PULCI a pascer nato,
   Pel miglior nostro palato.

Replies a FLEA upon his nose.
Be humble, learn thyfelf to fcan ;
Know pride was never made for Man.

'Tis vanity that fwells thy mind.
What, heav'n and earth for thee defign'd !
For thee, made only for our need,
That more important FLEAS might feed.

FAVOLA XXXIV.

La Lepre, e molti Amici.

L'AMICIZIA è al par d'amore,
  Vano nome senza effetto,
  Se rivolti i sensi, e 'l core
  Poi non s' abbia a un solo obbietto.
  Questo avvien che a pien si mostri
  In più esempj a' giorni nostri.

Noi veggiam quel fanciullino,
  Nel cui nascer molti han parte,
  Quasi ogn' or così meschino,
  Che di rado a lui comparte
  D' essi alcun l' attenta cura,
  Che da un Padre vuol Natura.

Così ancor ne l' Amicizia,
  Chiunque molti ha per amici,
  (Tal de l' Uomo è la tristizia,
  Sono i tempi or sì infelici)
  Ritrovar potrà a fatica
  Una sol persona amica.

Certa

FABLE XXXIV.

The HARE and many FRIENDS.

FRIENDSHIP, like love, is but a name,
Unlefs to one you ftint the flame.

The child, whom many fathers fhare,
Hath feldom known a father's care.

'Tis thus in friendfhips; who depend
On many rarely find a friend.

A

Certa Lepre, che in trattare
    Con ciafcun fu compiacente,
    (Come vifto hammi già fare
    Sino ad or tutta la gente)
    Conofcea qualunque belva
    Sì del pian, che de la felva.

Era il fuo maggior penfiere
    Non offender mai neffuno,
    E così giunfe a ottenere
    L' amicizia di ciafcuno :
    Se ben poi conobbe in prova,
    Che un tal ftile a nulla giova.

Ella a forte una mattina
    Fuori ufcìo fu' primi albori;
    Per guftare poverina
    L' erba efpofta a i dolci umori
    De la fertile rugiada,
    Che fu i prati avvien che cada.

Ma gridar dietro fi fente
    L' inimico cacciatore,
    E a quel tuon le orecchie intente,
    Tuon profondo, ch' ha in orrore,
    A fuggir già l' ali apprefta;
    Ed or falta, ed or s' arrefta.

Già

A Hare who in a civil way,
Comply'd with ev'ry thing, like GAY,
Was known by all the beſtial train
Who haunt the wood, or graze the plain.

Her care was, never to offend,
And ev'ry creature was her friend.

As forth ſhe went at early dawn,
To taſte the dew beſprinkled lawn,

Behind ſhe hears the hunter's cries,
And from the deep-mouth'd thunder flies.

O o

She

Già mancar si sente il fiato,
   E la morte avvicinarse :
   Quì volteggia al modo usato,
   Perchè il Cane abbia a sviarse ;
   Torna in dietro, rinnovati
   Suoi raggir spessi, e intralciati.

Di gran tema al fin ripiena
   Giacque istesa in su 'l sentiere
   Semiviva, e senza lena
   Anelando a più potere.
   Ma un Cavallo ecco venire,
   Che fè quella assai gioìre.

Disse ; in grazia, o caro amico,
   Lascia ch' io ti salga sopra,
   Onde salva, e fuor d' intrico
   Del tuo amor conosca l' opra.
   Quì languire or tu mi vedi,
   Nè più forza hanno i miei piedi.

A qualunque amico buono
   Sempr' è lieve ogni gran peso.
   Io di cor ti compassiono,
   Disse l' altro, e già t' ho inteso ;
   Ma a salvarti da i nemici
   Vedi omai tutti gli amici.

Quindi

She ftarts, fhe ftops, fhe pants for breath ;
She hears the near advance of death ;
She doubles to miflead the hound,
And meafures back her mazy round ;

Till, fainting in the public way,
Half-dead with fear fhe gafping lay.
What tranfport in her bofom grew,
When firft the horfe appear'd in view !

Let me, fays fhe, your back afcend,
And owe my fafety to a friend.
You know my feet betray my flight ;

To friendfhip ev'ry burden's light.
The Horfe reply'd, Poor honeft Pufs,
It grieves my heart to fee thee thus.
Be comforted, relief is near ;
For all your friends are in the rear.

Quindi poco a se lontano
　　Paſſar vide un groſſo Bue,
　　E con tuono umil’, e piano
　　Gli inviò le preci ſue :
　　Ma così quel ſignor grande
　　Diè riſpoſta a ſue dimande.

Già che puote ogni animale
　　Dir, che voglio a te un ben vero,
　　Non averti poſcia a male,
　　S’ or m’ invoglia altro penſiero ;
　　E ſe quì la libertade
　　Prenderò de l’ Amiſtade.

Vuole amor, che il cor m’ accende,
　　Quindi altrove or me ne vada.
　　La mia Bella ecco m’ attende
　　Colà giuſo in quella ſtrada,
　　Là ’ve d’ orzo un monticello
　　S’ alza preſſo a quel ruſcello.

A te noto eſſer io ſtimo
　　Che l’ affar di vaga Amante
　　Aver debbe il luogo primo
　　Fra le coſe tutte quante.
　　Co ’l laſciarti quì ſul piano
　　Sembrerò forſe inumano,

Ma

She next the ftately Bull implor'd ;
And thus reply'd the mighty lord.

Since ev'ry beaft alive can tell
That I fincerely wifh you well,
I may, without offence, pretend
To take the freedom of a friend.

Love calls me hence ; a fav'rite cow]
Expects me near yon barley-mow ;

And when a lady's in the cafe,
You know, all other things give place:
To leave you thus might feem unkind ;

But

Ma già viene a te d' appreſſo
   Un Caprone amico noſtro.
   Ella volge i prieghi ad eſſo ;
   Ma quel Capro le ha dimoſtro,
   Come ſol pel ſuo migliore
   A lei niega un tal favore.

Fa veder, che grandemente
   Il ſuo polſo era agitato ;
   Ch' era il capo omai languente,
   Come pur l' occhio aggravato ;
   Sì, che il proprio irſuto dorſo
   Mal potea darle ſoccorſo :

Diſſe, aitar ti potrà bene
   Con la ſua lanoſa ſchiena
   Queſta Pecora, ch' or viene,
   E alleggiare ogni tua pena.
   Ma l' imbelle pecorella
   Già s' iſcuſa in ſua favella.

A dir preſe, com' è deſſa
   Aſſai debile animale ;
   Ch' una grave maſſa, e ſpeſſa
   Sopra i fianchi a pena vale
   Soſtener omai di lana,
   E mal puote eſſerle umana.

Diſſe

But fee, the Goat is juft behind.

The Goat remark'd her pulfe was high,
Her languid head, her heavy eye :
My back, fays he, may do you harm ;

The Sheep's at hand, and wool is warm.
The Sheep was feeble, and complain'd

His fides a load of wool fuftain'd :

Diſſe ancor, com' era tardo
    Il ſuo paſſo, e 'l cor pauroſo :
    Come il Can preſto, e gagliardo
    Era un ſuo nemico aſcoſo,
    A mangiar atto, e poſſente
    Lepri, e Pecore ugualmente.

Eſſa in fine indrizza i prieghi
    A un Vitel, che paſſa a forte ;
    Tua pietà deh non mi nieghi
    Pronto ajuto in contro a morte ;
    Salva, diſſe, il chiedo in grazia,
    Un tuo amico in tal diſgrazia.

Ma riſpoſe a lei il Vitello ;
    Or ſia ver, che da me fatto,
    Coſì tenero, e novello
    Or ſia quello tutto a un tratto,
    E in un caſo ſì importante,
    Che neſſun far volle innante ?

Paſſar altri quivi hai ſcorti,
    Ch' han di me più età, e poſſanza.
    Come quei ſon grandi, e forti !
    Solo a me fiacchezza avanza.
    Quindi trarti s' io voleſſi,
    Troppo a mal ſe l' avrian deſſi.

Said he was slow, confefs'd his fears ;
For hounds eat Sheep, as well as Hares.

She now the trotting Calf addrefs'd,
To fave from death a friend diftrefs'd.

Shall I, fays he, of tender age,
In this important care engage ?

Older and abler pafs'd you by ;
How ftrong are thofe ! how weak am I !
Should I prefume to bear you hence,
Thofe friends of mine may take offence.

Ben t' è noto il mio buon core.
   Deh mi fcufa ; io deggio andare.
   Ahi ! prefenti a un tanto orrore
   Cari amici non fan ftare.
   Qual faremo ogn' un lamento !
   Addio ; i Bracchi or venir fento.

Excuſe me then.   You know my heart,
But deareſt friends, alas ! muſt part.
How ſhall we all lament ! Adieu :
For ſee the hounds are juſt in view.

FAVOLA XXXV.

L' Elefante, ed il Librajo.

QUELL' uom che soffrir sa pien di coraggio,
E per ignoti mar drizza la proda,
Poi giunto al fin d' un lungo aspro viaggio
A nuove terre, sconosciute approda,
Su varie meraviglie il guardo estende ;
E quante stranie cose a scriver prende !

Da somiglianti Autor veggiam descritte
Tai Creature che mai non vide Adamo.
Perchè quando crediam che contraditte
Non sian le cose, ond' è che noi trattiamo,
Ciò può servirci d' ottima occasione
Per ispacciar così qualche finzione.

Ma quel che reca ad altri, e a me sorpresa,
Se ben sia tra le cose stravaganti,
Forse tal' ora il vero n' appalesa ;
Come sarebbe il dir quegli Elefanti,
Che stati son (ciò narra a noi la Storia)
Di scienza adorni, di senno, e memoria.

BORRI

FABLE XXXV.

The ELEPHANT and the BOOKSELLER.

THE man who with undaunted toils
Sails unknown feas, to unknown foils,
With various wonders feafts his fight :
What ftranger wonders does he write !

We read, and in defcription view
Creatures which ADAM never knew :
For, when we rifk no contradiction,
It prompts the tongue to deal in fiction.

Thofe things that ftartle me or you,
I grant are ftrange ; yet may be true.
Who doubts that Elephants are found
For fcience and for fenfe renown'd ?

BORRI

Borri la forza de le loro membra
   Ci narra, e de la mente l' eftenfione ;
   La perizia ne l' arti ancor rimembra ;
   E come dan con l' opre efecuzione
   De le leggi a i decreti, onde ne viene
   Che mai non foffron de li Rei le pene.

Narrafi in fimil guifa, come quelli
   Ne' lor viaggi d' uno a l' altro loco
   Apprender foglion linguaggi novelli,
   Co 'l lor foggiorno, e l' ufo a poco a poco.
   Chi mai di quefto a dubitar veniffe
   Veder potrà quel che il gràn Plinio ifcriffe.

Quanto erudita, e come letterata
   Fu mai la ftirpe di queft' animale !
   Qual mai perfona or fora ritrovata,
   A quelle induftri, nobil belve eguale,
   Che al par di loro ancor legger fapeffe
   L' opere ne la Greca lingua impreffe ?

Si come adunque ne' tempi trafcorfi
   Un di codefti fcienziati Elefanti
   Avea con grande attenzion già fcorfi
   D' una bottega i libri tutti quanti,
   Non come fa il moderno Letterato,
   Che bada fol, fe il libro è ben legato ;

Tra

Borri records their ftrength of parts,
Extent of thought, and fkill in arts ;
How they perform the law's decrees,
And fave the ftate the hangman's fees ;

And how by travel underftand
The language of another land.
Let thofe who queftion this report,
To Pliny's ancient page refort.

How learn'd was that fagacious breed !
Who now (like them) the Greek can read !

As one of thefe in days of yore,
Rummaged a fhop of learning o'er ;
Not, like our modern dealers, minding
Only the margin's breadth and binding ;

A

Tra gli altri Autori li curiofi fguardi
 Sopra non fo qual' opra a forte ei gittà
 Che co i più giufti e bei tratti, gagliardi,
 D' ogni Beftia, ed Augel contien defcritta
 Qualunque forma ; e i fembianti diverfi,
 Che fu permeffo a l' Uom già mai vederfi.

Defcritte quivi fi vedeano ancora
 Le varie lor nature, e proprietati,
 Con tutto quell' orgoglio, onde tal' ora
 Gli umani ingegni vengon trafportati.
 Le carte ei volge con fomma attenzione,
 Poi fa fu 'l libro tale annotazione.

Di Ragion falda, e intera è l' Uom fornito,
 E daffi a l' Animal l' Iftinto a pena :
 Ma fe poi d' efto Autor ben ftabilito
 Sia il vero merto, fenza molta pena
 Chiaro vedrem, che nè Ragion, nè Iftinto
 A fcriver quello tai menzogne ha fpinto.

Forfe le molte, e diverfe nature
 Diftinguer puote, e infièm le proprietadi
 De l' altre efaminar belve, e creature
 Ei che sì fpeffo avvien che in error cadi?
 E in sì parziale defcrizion ci fcopre,
 Che il fuo cor fteffo mal conofce, e l' opre.

Quant'

A book his curious eye detains
Where with exacteſt care and pains,
Were ev'ry beaſt and bird portray'd
That e'er the ſearch of man ſurvey'd.

Their natures and their powers were writ,
With all the pride of human wit.
The page he with attention ſpread,
And thus remark'd on what he read.

Man with ſtrong reaſon is endow'd;
A beaſt ſcarce inſtinct is allow'd.
But let this author's worth be try'd,
'Tis plain that neither was his guide.

Can he diſcern the diff'rent natures,
And weigh the pow'r of other creatures,
Who by the partial work hath ſhown
He knows ſo little of his own ?

Quant' è mai falfo del Bracco il ritratto !
   Ch' abbia l' Uom d' effo apprefo l' adulare ?
   Ei da fe fteffo è un cor difpofto, ed atto
   In sì fatto meftiere a profittare !
   Avrà Natura già formato quefto
   Il primo adulator, più trifto, e infefto !

Vada pur l' Uomo, e veggia omai quai fieno
   De la Corte i begli ufi, e le maniere,
   E troverà che un Bracco non può a meno
   D' apprender nuove cofe in tal meftiere ;
   Anzi gli è certo che una Corte fola
   A tutti i Bracchi effer potria di fcola.

Come in lui ponno i furti, e le rapine
   De la Volpe deftar biafmo, e ftupori ?
   Qual' or da tante fcaltre aftuzie e fine
   De i Cortigian, de' Leggifti, e Dottori,
   Co 'l fol talento natural che tiene,
   Profittar deffa ogn' or potria affai bene.

Ei fuol de' Lupi, e de i Leon la fchiatta,
   E de le Tigri maledir fovente,
   Per quella, che in lor cor regna, e s' appiatta
   Brama de l' altrui fangue, ingiufta, ardente.
   Ma forfe non è l' Uom da l' altro oppreffo ?
   È pur è nel fuo oprar peggior lo fteffo.

Noi

How falfly is the fpaniel drawn !
Did man from him firft learn to fawn ?
A dog proficient in the trade !
He the chief flatt'rer nature made !

Go, Man, the ways of courts difcern,
You'll find a fpaniel ftill might learn.

How can the fox's theft and plunder
Provoke his cenfure or his wonder ?
From courtier's tricks, and lawyers arts,
The fox might well improve his parts.

The lion, wolf, and tyger's brood,
He curfes, for their thirft of blood :
But is not man to man a prey ?

Noi vedrem, come fol da fame aftretti
  Li feroci animali gli altri uccidano :
  Ma gli Uomini, cui 'l prezzo fi prometti
  Uccidon gli altri, e quei che in lor s' affidano,
  Quì pofe fin al fuo dir l' Elefante :
  Il Librajo lo guata nel fembiante.

E udito a pena un tal ragionamento,
  E lui veggendo legger bene il Greco,
  Qual ritrovato ho mai raro talento,
  Qual fpirto ! ei diffe, favellando feco.
  Quindi con un profondo e bell' inchino,
  In gentil forma gli fi feo vicino.

E così l' incomincia a interrogare ;
  Dotto Signor, fe a forte tu vorrai
  L' erudita tua penna ora impiegare
  Contro a gli ftolti figli de' mortai ;
  E già che moftri aver buona memoria,
  Se di Siam vuoi fcrivere la ftoria,

Neffun Librajo l' abili perfone
  Mai pagò meglio di quel ch' io far foglia.
  E poi ch' efperto ne'l Greco fermone
  Ti veggio, e in dir tua lingua non s' imbroglia,
  Moftraci un poco quale ftata fia
  D' Ariftotil l' ofcura Entelechia.

All'

Beasts kill for hunger, men for pay.
The Bookseller, who heard him speak,

And saw him turn a page of Greek,
Thought, what a genius have I found!
Then thus addrefs'd with bow profound.

Learn'd Sir, if you'd employ your pen
Againft the fenfelefs fons of men,
Or write the Hiftory of SIAM,

No man is better pay than I am;
Or, fince you're learn'd in Greek, let's fee
Something againft the Trinity.

When

All' or con strano sogghignar storcendo
   L' Elefante la sua tromba pieghevole,
   Tu se' ubbriaco, disse, io ben l' intendo.
   Serbati pure, e non ti sia spiacevole
   Il tuo denajo : ad esser saggio impara ;
   E lascia i Dotti criticarsi a gara.

Così mai d' uopo a te fia di scrittori
   Tra gl' insensati figli de' mortali
   Dessi, senz' altri stimoli maggiori,
   Senza isfidarsi ancor, saran rivali ;
   Perchè l' invidia in tutte le persone
   E' del denajo un più gagliardo sprone.

Autor non v' ha, che rispettasse unquanco
   Alcun Autore ne 'l saper fratello.
   E tra color ch' han pronto ingegno, e franco,
   (Come di Galli spesso fa un drappello,
   Per dare altrui piacer messi in battaglia)
   L' un l' altro avvien che in ostil modi assaglia.

When wrinkling with a ſneer his trunk,
Friend, quoth the Elephant, you're drunk;
E'en keep your money, and be wiſe:
Leave man on man to criticiſe;

For that you ne'er can want a pen
Among the ſenſeleſs ſons of men.
They unprovok'd will court the fray:
Envy's a ſharper ſpur than pay.

No author ever ſpar'd a brother;
Wits are game-cocks to one another.

F A-

F A V O L A XXXVI.

La SPILLA, e l' AGO.

UNA Spilla, che stat' erà?
Per molt' anni nel potere
Di leggiadra Dama, altera,
E per suo primo dovere
Assistea, qual serva eletta,
La padrona a la toletta:

Or la mancia formolle;
Or de' biondi aurei capelli
Le ciochette assicurolle
In più modi, ogn' or novelli;
Or d' in torno a la sua vesta
Con più brio li nastri affesta.

Fu tal volta assai felice
Di star presso il bianco petto;
Poscia ad essa aver non lice
Più il suo nobil posto, eletto,
E negletta a formar venne
La gran coda a l' Andrienne.

Se

FABLE XXXVI.

The PIN and the NEEDLE.

A PIN, who long had ferv'd a beauty;
Proficient in the toilette's duty,

Had form'd her fleeve, confin'd her hair,
Or giv'n her knot a fmarter air,

Now nearest to her heart was plac'd,
Now in her manteau's tail difgrac'd :

R r   But

Se ben poi di tal difgrazia
    Non avea molto a dolerfi,
    Co 'l veder che miglior grazia
    Non potè tal' or goderfi
    Da parecchi tra gli amanti,
    Che felici erano innanti.

Priva al fine d' ogni onore
    Varj ftati de la vita
    Scorfe fino al più inferiore
    Sempre intrepida, ed ardita ;
    Or puntata fopra il braccio
    D' un buon farto fuor d' impaccio ;

Or ufata a tener caldo
    Qualche povero bambino ;
    Or a far che fteffe faldo
    Lo sdrufcito guarnellino
    D' un qualch' uom, fordido avaro,
    Per ferbare un vil denaro ;

Or di nuovo in nobil ftato
    S' erge d' umil condizione ;
    Di un Dottor nel cocchio ornato
    Va trovar l' egre perfone :
    Ma al fin dopo un lungo errare,
    In *Grefham* fmarrita appare.

Piena

But could she partial fortune blame,
Who saw her lovers serv'd the same ?

At length from all her honours cast,
Through various turns of life she past ;
Now glitter'd on a taylor's arm ;

Now kept a beggar's infant warm ;
Now, rang'd within a miser's coat,
Contributes to his yearly groat ;

Now, rais'd again from low approach,
She visits in the doctor's coach ;
Here, there, by various fortune tost,
At last in *Gresham-hall* was lost.

R r 2

Charm'd

Piena d' alta meraviglia
  Al veder sì nuovi obbietti,
  D' ogni lato a scorrer piglia
  Suso e giù ; poi co' suoi detti
  Or di questo or di quel chiede,
  Che mal presta a i sensi fede.

Ciò che men di tutto intende
  Dessa ammira maggiormente :
  E a ragion sì la sorprende
  Ogni obbietto a lei presente,
  La sua testa era formata
  D' una specie letterata.

Al suo interprete conversa,
  Cos' è, chiede quivi ascoso ?
  D' altra, ei disse, assai diversa
  Tempra un Ago prodigioso.
  Essa attenta il nome udiva,
  Ch' a lei nuovo non riusciva.

E così la scioccherella
  Fè con lui ragionamento,
  Come fosse sua sorella,
  O del Sarto un istromento :
  Oh in qual strana compagnia
  Quì ti scorgo, amica mia !

D' onde

Charm'd with the wonders of the show,
On ev'ry side, above, below,
She now of this or that enquires,

What leaft was underftood admires.
'Tis plain, each thing fo ftruck her mind,
Her head's of virtuofo kind.

And pray what's this, and this, dear Sir?
A needle, fays the interpreter.

She knew the name.   And thus the fool
Addrefs'd her as a taylor's tool.

A needle

D'onde vien, ch'or quì ti veggio
    Con sì brutta pietra, e nera
    Star in ozio, e quel ch' è peggio
    Ruginosa tutta in cera ?
    Fatto avresti, io te 'l so dire,
    Meglio in man d'altri a cucire.

Io son poi curiosa assai
    Di sapere or con chiarezza,
    Perchè stretta siasi mai
    Così grande intrinsichezza
    Tra la ferrea tua natura,
    E codesta selce dura ?

Lascia, o amica, di biasmare
    Le azion mie, rispose l'Ago,
    Perch'io son d'opre alte, e rare,
    Di gran nome, e d'onor vago.
    Sai tu ben, di qual fornita
    Forza sia la Calamita ?

Questa sua virtù possente
    Altre ancor mi porge in dono,
    E di tutte io quì al presente
    Come mie godo, e dispono.
    Chi potria, vo' che tu il dica,
    Mai lasciar sì buona amica ?

Quello

A needle with that filthy ftone,
Quite idle, all with ruft o'ergrown!
You better might employ your parts,
And aid the fempftrefs in her arts.

But tell me how the friendfhip grew
Between that paultry flint and you ?

Friend, fays the needle, ceafe to blame
I follow real worth and fame.
Know'ft thou the loadftone's pow'r and art,

That virtue virtues can impart ?
Of all his talents I partake,
Who then can fuch a friend forfake ?

Quello io fon, che regge, e guida
   La fua deſtra al buon nocchiero,
   A feguir per l'onda infida
   Il ſecuro, altó ſentiero,
   E isfuggir gli ſcogli e i faſſi,
   Onde al varco eſtremo vaſſi.

Sol per me fu conoſciuto
   A l' Europa il Nuovo Mondo ;
   E fe d' eſſa or poſſeduto
   Vien de l' India il ſuol fecondo,
   Mio n' è ſolo il pregio, e 'l merto,
   Nè fariaſi unqua ſcoperto.

Che fe ancor ſtato allevato
   Tra' merciaj foſs' io, il migliore
   Ben, ch'a me faria toccato,
   Fora in man d'un vil Sartore,
   Co 'l poter che in me s'annida,
   Solo al fil fervir di guida.

Faticato io mi farei
   Come fan gli aghi volgari,
   E vantare or non potrei
   Tanti pregi ſingolari ;
   Nè ſtimato al fin faria
   Più di quel tu foſti in pria.

FA-

'Tis I direct the pilot's hand
To shun the rocks and treach'rous sand :

By me the distant world is known,
And either India is our own.

Had I with milliners been bred,
What had I been ? the guide of thread,

And drudg'd as vulgar Needles do,
Of no more consequence than you.

FAVOLA XXXVII.

Il PITTORE che non piaceva ad
alcuno, e piaceva a tutti.

PERCHE' alcuno non fofpetti,
Che il tuo dir fia mai bugiardo,
Avrai fempre in tutti i detti
Al probabile riguardo ;
Scarfa fede l' Uom fi acquifta,
Qual' or ciò non abbia in vifta.

S'efce fuor da tai confini
Quel ch' ifcrive i fuoi viaggi,
Uopo è ancor fcemi, e declini
De' fuoi libri appreffo i Saggi
Tutto il merto, e infiem la fede,
Sì che poco a lui fi crede.

Similmente chi l' armate
Sol co i detti in fuga ha meffo,
Fa che poi fien men ftimate
Del valor, che alberga in effo,
Le più vere, e certe prove ;
E che dubbio alcun le trove.

Ma

F A B L E XXXVII.

The PAINTER who pleafed no body and every body.

LEST men fufpect your tale untrue,
Keep probability in view.

The trav'ler, leaping o'er thofe bounds,
The credit of his book confounds.

Who with his tongue hath armies routed,
Makes ev'n his real courage doubted:

But

Ma già mai l' Adulazione
   Sembra assurda a chi è adulato,
   Che tal sorta di persone
   Sempre han fede a ogn' un prestato;
   E son tratte spesso a credere
   Quel che ancor non può succedere.

Dessi tengon come vere
   Le maggiori eccelse lodi;
   E le iperboli più altere,
   Caricate in strani modi,
   Inferior sempre saranno
   A l' idea, che di se avranno.

Fu sì celebre un Pittore
   Nel ritrar dal naturale,
   Che ne l' opre, ond' era autore,
   Vedea ogn' un l' originale.
   Là il sembiante, e l' aria espressa
   V' era, e ancor la vita istessa.

Ne i color mai non seguiva
   Alcun' arte d' adulare;
   Nè una guancia che languiva
   Ei volea punto ajutare:
   Nè una pallida donzella
   Co 'l vermiglio far più bella,

But Flatt'ry never ſeems abſurd;
The flatter'd always takes your word:
Impoſſibilities ſeem juſt;

They take the ſtrongeſt praiſe on truſt.
Hyperboles, tho' ne'er ſo great,
Will ſtill come ſhort of ſelf-conceit.

So very like a Painter drew,
That ev'ry eye the picture knew;
He hit complexion, feature, air,
So juſt, the life itſelf was there.

No flatt'ry with his colours laid,
To bloom reſtor'd the faded maid;

He

A ogni muſcolo ei porgea
　　La nativa forza, e intera,
　　E 'l pennel ſuo dipingea
　　Ogni membro altrui, qual' era :
　　Bocca, e naſo in ſua grandezza,
　　L'età vera, e giovinezza.

Il buon uomo in breve tratto
　　Venne a perdere gli amici ;
　　Di neſſun più fa il ritratto,
　　Nè a lui giovan prieghi, o uffici :
　　Perchè ſano, e buon penſiero
　　Non fu ſempre dire il vero.

Quindi appeſe in alto ſtavanſi
　　A le mura polveroſe,
　　Nè d' alcuno più ſtimavanſi
　　L' opre ſue meraviglioſe,
　　Mentre chi provollo un giorno,
　　Da lui più non fa ritorno.

In tal guiſa abbandonato
　　A un miglior penſier s' è volto,
　　E che in viſta collocato
　　Sia d' Apollo il gentil volto,
　　E di Venere procura,
　　Pinti con grand'arte, e cura.

Riſoluto

He gave each mufcle all its ftrength ;
The mouth, the chin, the nofe's length,
His honeft pencil touch'd with truth,
And mark'd the date of age and youth.

He loft his friends, his practice fail'd ;
Truth fhould not always be reveal'd.

In dufty piles his pictures lay,
For no one fent the fecond pay.

Two buftos, fraught with ev'ry grace,
A Venus' and Apollo's face,

Risoluto d' aggradire
   A ciafcun, che da lui vegna,
   Tai modelli ei vuol feguire,
   Sol da quefti egli difegna ;
   Ogni volto indi riforma,
   E s' è brutto, bello il forma.

Ogni cofa ha già affettata,
   Giunta è l' ora, e genti afpetta,
   Già nel dito s' è adattata
   De i color la tavoletta :
   Ecco arriva un gran Signore
   A la ftanza del Pittore.

Ei lo fece feder tofto,
   E in diverfo atteggiamento,
   Or cambiando lume, or pofto,
   Ne rimafe al fin contento.
   Diè un' occhiata a lui maeftra,
   E al lavor pofe la deftra.

La fua tela abbozza in prima,
   Col pennel piglia i colori,
   E fra tanto al ciel fublima
   I miglior Greci pittori.
   Dice poi quanto applaudito
   Di Tizian fia il colorito.

He plac'd in view; resolv'd to pleafe,
Whoever fat, he drew from thefe,
From thefe corrected ev'ry feature,
And fpirited each aukward creature.

All things were fet; the hour was come,
His pallet ready o'er his thumb,
My Lord appear'd; and feated right

In proper attitude and light,
The painter look'd, he fketch'd the piece;

Then dipt his pencil, talk'd of Greece,
Of Titian's tints, of Guido's air;

Thofe

De l' amabil arie, e belle
　　Del gran Guido parla ancora.
　　Gli occhi voftri, io direi ftelle,
　　E il gran brio che in lor dimora,
　　Signor, pingere il pennello
　　Ben dovria di Rafaello.

Quel fembiante, che sì appare
　　Pien di ferino, e fpiritofo,
　　Che difficil fia il formare
　　Non farete a dir ritrofo,
　　Ma pazienza, e a voi fia piano
　　Quanto può l' arte, e la mano.

Signor l' opra or quì mirate.
　　Sì rifpofe il Cavaliero :
　　Ma a la bocca un po' badate,
　　Che non è fimile al vero :
　　Sino ad ora io già penfai,
　　Ch' ella foffe grande affai.

Il mio nafo poi di quefto
　　Qualche cofa è ancor più lungo.
　　Vi farò forfe molefto,
　　Ma più in là co gli anni io giungo.
　　Fatto avete ne l' afpetto
　　Me di troppo giovinetto.

Deh

Thofe eyes, my Lord, the fpirit there
Might well a RAPHAEL's hand require,
To give them all the native fire;

The features fraught with fenfe and wit,
You'll grant are very hard to hit;
But yet with patience you fhall view
As much as paint and art can do.

Obferve the work. My Lord reply'd,
'Till now I thought my mouth was wide;

Befides, my nofe is fomewhat long;
Dear Sir, for me, 'tis far too young.

Oh!

Deh Signor, lei mi perdoni,
  Il Pittore all' or rifpofe ;
  Sol le noftre decifioni
  Valer ponno in fimil cofe.
  Tal pittura dee fermare
  Anche il guardo più volgare.

Io le faccio pieggeria,
  Ch' effa in tutto a lei fomiglia,
  A tai detti, come in pria,
  Il ritratto in mano ei piglia,
  Che gli par più, a fe dinante,
  D' uno fpecchio fomigliante.

Venne pofcia una donzella,
  E fu VENERE formati
  Ha il fembiante, e 'l volto a quella,
  De l' altrui grazie adornati.
  Il fuo amante l' arte approva,
  Che ne 'l cor egual la trova.

Così pur ad ogni etade
  Qualche grazia, e vezzo imprefta,
  Sì che fempre ogni beltade
  Del fuo oprar paga ne refta
  Già per tutto le voci efcono,
  E i lavori, e 'l prezzo accrefcono,

S' egli

Oh ! pardon me, the artift cry'd,
In this, we painters muft decide.
The piece ev'n common eyes muft ftrike,

I warrant it extremely like.
MyLord examined it a-new ;
No looking-glafs feem'd half fo true.

A Lady came, with borrow'd grace
He from his VENUS form'd her face.
Her lover prais'd the Painter's art ;
So like the picture in his heart !

To ev'ry age fome charm he lent ;
Ev'n Beauties were almoft content.
Through all the town his art they prais'd ;
His cuftom grew, his price was rais'd.

Had

S' egli sol moſtrato aveſſe
    Le veraci ſomiglianze,
    Chì mai detto avrian ch' eſpreſſe
    Deſſo avea le lor ſembianze ;
    Ma co 'l pinger vagamente
    Fè ogn' un ſimile in ſua mente.

FA.

Had he the real likeness shown,
Would any man the picture own ?
But when thus happily he wrought,
Each found the likeness in his thought.

F A.

FAVOLA XXXVIII.

Il Leone, ed il Leoncello.

QUANT' è mai l' Uomo desioso, e vago
Di grandeggiar, e d' esser primo in posto,
Che d' ottener ciò ancor con arti indegne
Studiasi tra le vili, abbiette genti !
V' ha di coloro, che soffrir d' appresso
Non sanno un altro egual, ma sempre veggi-
  onsi
Fuggir quel merto, che il lor merto oscura.
Aman codesti i popolari scherzi
De la taverna, e spendon poscia il tempo
In ber cervogia, ed in fumar tabacco.
Quivi d' alcune picciole adunanze
Son fatti i capi, e i primi presidenti :
Sì vile, e sì meschino è il loro orgoglio.
Anzi pur a uno stuol di sciocchi in mezzo
Assisi si vedran le notti intere
Sol con la speme d' esser quì tenuti
A tutti superior in spirto, e senno.
Or se questi san leggere, a lor scrivo
Acciò il lor merto meglio altrui si scopra.

Un

FABLE XXXVIII.

The LION and the CUB.

HOW fond are men of rule and place,
Who court it from the mean and bafe ?
Thefe cannot bear an equal nigh,
But from fuperior merit fly.
They love the cellar's vulgar joke,
And loofe their hours in ale and fmoke.
There o'er fome petty club prefide ;
So poor, fo paltry is their pride !
Nay ev'n with fools whole nights will fit,
In hopes to be fupreme in wit.
If thefe can read, to thefe I write,
To fet their worth in trueft light.

A Lion

Un certo Lioncel d' affai vil animo
    Tutta isfuggiva de i Leon la fchiatta,
    E de gli applaufi, e de le lodi amante
    Si porta a le adunanze, affifte a i pranzi
    De l' altre più volgari, e ignobil belve :
    Tutto il fuo tempo co' gli Afini ei fpende,
    Fatto da quei perpetuo prefidente
    De la lor fócietà, del lor configlio.
    Quindi egli in brieve tutti a prender venne
    I lor coftumi, l' aria, il portamento,
    E un vero Afino appar, fuor de l' orecchie.
    Se mai fua Altezza dir volea uno fcherzo,
    Prima ancor di parlare, i circoftanti
    Faceangli applaufo, digrignando i denti.
    Ma ad ogni fua parola, oh quali, e quante,
    S' udian di lodi ftrepitofe grida !
    Buoni Dei ! com' ei raglia al naturale !

Gonfio il Leoncel da tali adulazioni,
    E pien di vana pretenfione, e orgoglio,
    Sen giò trovar del Real genitore
    L' antico albergo, e di gran voglia accefo
    Di moftrar quivi i rari fuoi talenti,
    Tofto a ragliare cominciò Sua Altezza.
    Il Leon fi rifcuote, e così diffe.

Figlio, quefto gridar tuo maledetto
    Ci fvela a pieno, qual fin' or fia ftata
    La tua converfazion, tua ignobil vita :
Mentre

A Lion cub of fordid mind,
Avoided all the lion kind;
Fond of applaufe, he fought the feafts
Of vulgar and ignoble beafts;
With affes all his time he fpent,
Their club's perpetual prefident.
He caught their manners, looks, and airs;
An afs in every thing, but ears!
If e'er his highnefs meant a joke,
They grinn'd applaufe before he fpoke;
But at each word what fhouts of praife!
Good gods! how natural he brays!

Elate with flatt'ry and conceit,
He feeks his royal fire's retreat;
Forward, and fond to fhow his parts,
His Highnefs brays; the Lion ftarts.

Puppy, that curs'd vociferation
Betrays thy life and converfation:

    Coxcombs,

Mentre gli fcimuniti, ch' aman fempre
A far di lor natura un gran fchiamazzo,
Sono del proprio difonor la tromba.

E perchè meco or fei tanto fevero ?
Rifpofe il Leoncel : polito, e faggio
Sempre mi tenne il noftro buon Senato.

Quanto mefchino, e infermo è mai l' orgoglio !
Ripiglia il padre ; tutti ancor gli fciocchi
Son vani, fe gli fciocchi quelli ammirano.
Ma fappi, o figlio, come ciò che in ftima
Si tien da i vili, e ftolidi Giumenti,
Soglion fempre ifprezzar tutti i Leoni,
Come pur l' altre più gentili belve,

Coxcombs, an ever noify race,
Are trumpets of their own difgrace.

Why fo fevere ? the Cub replies ;
Our fenate always held me wife.

How weak is pride ! returns the fire;
All fools are vain, when fools admire!
But know, what ftupid affes prize,
Lions and noble beafts defpife.

F A V O L A XXXIX.

L' Uomo che prende Sorci, e li Gatti.

Faceano i Sorci tai rapine, e danni
   Di notte tempo, che la sciagurata
   Cecca n' avea rimprocci ogni mattina.
   Essi solean guastare i pezzi interi
   Del miglior lardo, e bucar tutto il cacio.
   La meschinella più trovar non puote
   Le rubate sue torte, ed i pasticci,
   Se ben guerniti d' alta, e soda crosta,
   Tutti eran rovinati, e aveano il guasto.
   Lei malediva i Gatti ogni momento,
   Perchè non facean bene il loro ufficio,
   Un continuo bottin lasciando a' topi.

Ma un Ingegner di cognita esperienza
   Prese l' incarco di por freno al male,
   Che maggior divenia di giorno in giorno.

Quindi osservando ei va per ogni stanza
   I lor ciechi covili, i lor lavori,
   E tutti ancora li sentier più occulti :
   Que' posti iscopre u' l' imboscate isfuggono,
   E d' onde fan le notturne sortite.

Fra

FABLE XXXIX.

The RAT-CATCHER and CATS.

THE rats by night such mischief did,
BETTY was ev'ry morning chid.
They undermin'd whole sides of bacon,
Her cheese was sapp'd, her tarts were taken :
Her pasties, fenc'd with thickest paste,
Were all demolish'd, and laid waste.
She curs'd the Cat for want of duty,
Who left her foes a constant booty.

An Engineer, of noted skill,
Engag'd to stop the growing ill.

From room to room he now surveys
Their haunts, their works, their secret ways ;
Finds where they 'scape an ambuscade,
And whence the nightly sally's made.

An

Fra tanto un' invidiofa, aftuta Gatta
    D' un luogo a l' altro, da neffun fcoperta,
    Tacitamente li fuoi paffi offerva.
    Deffa ben vide che qual' or tal arte
    Aveffe ad ottenere un buon effetto,
    Saria de' Gatti la razza diftrutta.
    Quindi ella di nafcofto a toglier viene
    L' efca pe' forci già difpofta, e tutti
    Gli ftratagemmi fuoi fcompiglia, e atterra.

Di nuovo l' Ingeghere acconcia, e apprefta
    Gli avvelenati ordigni in miglior forma ;
    E di bel nuovo ancor la Gatta torna
    A render vane fue fatiche, e inutili.

Qual' inimico, l' Uom fdegnato efclama,
    Perch' abbia a riufcir vano il mio penfiere,
    Così di notte tempo s' attraverfa
    A' miei difegni ? sì, queft' ora a punto
    Per le mie mani dee morir quel trifto.

Diffe, e vi reca tofto una gran trappola,
    Affai pefante ; e in guifa tal fu 'l fatto
    Prefa reftò la Gatta poverina.

Contrabandier ribaldo, ei quivi efclama,
    Tu fervirai di vittima a le perdite
    Che fin' or ha fofferte il mio meftiere.

La

An envious Cat from place to place,
Unfeen, attends his filent pace.
She faw, that, if his trade went on,
The purring race muft be undone ;
So, fecretly removes his baits,
And ev'ry ftratagem defeats.

Again he fets the poifon'd toils,
And Pufs again the labour foils.

What foe (to fruftrate my defigns)
My fchemes thus nightly countermines ?
Incens'd, he cries : this very hour
The wretch fhall bleed beneath my power.

So faid. A pond'rous trap he brought,
And in the fact poor Pufs was caught.

Smuggler, fays he, thou fhalt be made
A victim to our lofs of trade.

X x

The

La Gatta prigionera all' or comincia
   Con flebile, e pietofo miagolare
   Ad implorar così da l' Uom perdono,
   Acciò le deffe libertade, e vita.
   Rifparmia, o buon Signor, diffe ella, in grazia
   Una del tuo faper compagna, e fuora;
   Mentre un folo, e medefimo intereffe
   Forma or d' entrambi il gran penfier comune.

Qual tracotanza, l' Uomo quì ripiglia,
   Forfe i Gatti dovran con noi dividere
   Il meftiero, e la caccia ? oh fe un dì foffe
   Di voi contrabandier ribaldi, e trifti
   Sbandito, e fpento affatto ogni drappello,
   Noi, che il meftier facciam di pigliar forci,
   Meglio farem pagati, acciò guardaffimo
   Soli di tutta una Nazione il cacio.

Ma un Gatto ivi prefente, che lui vide
   Alzar già il ferro, così fciolfe i detti,
   E a la forella ancor falvò la vita.

In ogni etade, e ne' Paefi tutti
   Sempre veggiam che due d' un meftier fteffo
   Tra lor non poffono accordarfi unquanco.
   Ciafcun fi fcorge odiar l' altro vicino
   Per timor che gli ufurpi il fuo terreno.

In

The captive Cat, with piteous mews,
For pardon, life, and freedom fues.
A fifter of the fcience fpare ;
One int'reft is qur common care.

What infolence ! the man reply'd ;
Shall Cats with us the game divide ?
Were all your interloping band
Extinguifh'd, or expell'd the land,
We Rat-catchers might raife our fees,
Sole guardians of a nation's cheefe !

A Cat, who faw the lifted knife,
Thus fpoke, and fav'd her fifter's life.

In ev'ry age and clime we fee,
Two of a trade can ne'er agree.

In fimil guifa il Signor di campagna
Del vicin Gentiluom ftraccia il buon nome,
Co 'l dir che prende gli animali a caccia
Con illeciti modi, ed iftromenti.
Le Belle in guerra fon con l' altre Belle;
E tra lor pofcia fcaglianfi a vicenda
Di maldicenza li più acuti ftrali.
Nel modo ifteffo i Re fcacciar procurano
Gli altri Re lor vicin dal trono avito,
E fperan foggettarfi il Mondo intero..
Ma noi freniamo un poco i defir noftri,
Nè de le Belle al par, de' Gentiluomini,
O pur de i Re facciam tra noi la guerra.
Perchè, fe ben d' entrambi il gran meftiere
E' quello d' infeguir la preda ifteffa,
Grand' è la caccia, e a tutti due baftante.

Each hates his neighbour for encroaching ;
Squire ftigmatizes 'fquire for poaching ;
Beauties with beauties are in arms,
And fcandal pelts each other's charms ;
Kings too their neighbour kings dethrone,
In hope to make the world their own.
But let us limit our defires ;
Not war like beauties, kings, and fquires ;
For though we both one prey purfue,
There's game enough for us and you.

FAVOLA XL.

La Vecchia e li suoi Gatti.

CHIUNQUE amiſtade co' bricconi ha ſtretta
Del triſto lor meſtier ſi ſtima a parte.
Quella Signora, che conduce in giro
Leggiadra ninfa, ch' eſſer viſta agogna,
Riputata è dal mondo una mezzana:
E s' una qualche modeſta zittella
Veggiam tal' ora in compagnia di quelli,
Ch' alleggiar ſoglion l' amoroſe cure,
Non la crediamo poi ſchiva cotanto,
E ſol ſi brama di ſaperne il prezzo.
In guiſa tal dal ben ſcieglier gli amici
Dipende il noſtro nome o buono, o triſto.

Un dì certa aggrinzata, e vecchia Strega,
Che preſſo tutti avea triſta opinione,
Dinanzi a quattro fumanti tizzoni
Siedea battendo i denti, come quella
Che l' età, e 'l freddo tormentava a un tempo.
L' increſpate ſue mani, a cui le vene
Riſaltan fuore rilevate, e gonfie,
Soſtengon ſu i ginocchi il loro pondo;
Mentre il ſuo capo ſcemo, e paralitico
Tremolando le va di tratto in tratto.

Com'

FABLE XL.

The OLD WOMAN and her CATS.

WHO friendſhip with a knave hath made,
Is judg'd a partner in the trade.
The matron who conducts abroad
A willing nymph, is thought a bawd ;
And if a modeſt girl is ſeen
With one who cures a lover's ſpleen,
We gueſs her, not extremely nice,
And only wiſh to know her price.
'Tis thus, that on the choice of friends
Our good or evil name depends.

A wrinkled Hag, of wicked fame,
Beſide a little ſmoaky flame
Sat hov'ring, pinch'd with age and froſt ;
Her ſhrivell'd hands, with veins emboſs'd,
Upon her knees her weight ſuſtains,
While palſy ſhook her crazy brains.

She

Com' essa di garrir sempr' ebbe l' uso,
   Pel lungo corso di ottant' anni interi,
   Nè mal corresse tal natura indomita,
   Va borbottando le sue tarde preci ;
   A lei d' intorno stavasi scaldando
   Di varj Gatti numeroso stuolo
   Che miagolavan da la fame spinti.
   Da le lor grida tormentata al fine
   S' accese il di lei sdegno, e per tal guisa
   Misti co' sputi i propri sensi espresse.

Pazza ch' io fui, a voler mantenere
   Tai folletti, tai demoni, e codesta
   Compagnia trista del profondo inferno !
   S' io non v'avessi in questa casa unquanco
   Albergati, e nudriti, io non sarei
   Mai stata qual vil Strega maledetta.
   Voi siete la cagione, onde i ragazzi
   Corrono sempre ad insultarmi in folla
   Con gran schiamazzo, e a me ritarda i passi
   Più d' un mucchio di paglia incrocicchiato ;
   Perchè s'inchiodan de' cavalli i ferri,
   Acciò servan di guardia ad ogni soglia ;
   E le Serve l' informe scopa ascondano,
   Sol per timor che non vi salga sopra,
   Non cavalchi con essa, e altrove io passi,
   Perchè son gli aghi conficcati ad arte
   Ne la mia sedia ch' atro sangue istilla :
                   E perchè

She mumbles forth her backward prayers,
An untam'd scold of fourscore years.
About her swarm'd a num'rous brood
Of Cats, who lank with hunger mew'd.
Teaz'd with their cries, her choler grew,
And thus she sputter'd.   Hence, ye crew.

Fool that I was, to entertain
Such imps, such fiends, a hellish train !
Had ye been never hous'd and nurs'd,
I, for a witch, had ne'er been curs'd.
To you I owe, that crowds of boys
Worry me with eternal noise ;
Straws laid acrofs my place retard,
The horse-shoe's nail'd (each threshold's guard)
The stunted broom the wenches hide,
For fear that I should up and ride ;

                They

E perchè ancor·la Legge a me prefcrive
Di moftrar fuori le mammelle afcofe.

Tue vane ciarle, quì rifpofe un Gatto,
Beftenimiare fariano a gran ragione
Quel che fu l' inventor de la pazienza.
Chi più di noi diritto ha di lagnarfi ?
Tofto a le prove : fe noi già non foffimo
Mezzo morti di fame entro il tuo albergo,
Al par di tutti gli altri noftri eguali,
Sarem viffuti in buon concetto, e ftima,
Quali a punto noi fiam , beftie da caccia.
Ma il fervire a una Strega è grande infamia ;
Perchè i fuoi Gatti ftimanfi folletti,
La fua fcopa un Cavallo ; ed i ragazzi
N' han fempre in odio ; e ne infidian la vita ;
Mentre fparfa nel vulgo è l' opinione,
Che i voftri Gatti nove vite albergano.

They ſtick with pins my bleeding feat,
And bid me ſhow my ſecret teat.

To hear you prate would vex a ſaint ;
Who hath moſt reaſon of complaint ?
Replies a Cat.   Let's come to proof.
Had we ne'er ſtarv'd beneath your roof,
We had, like others of our race,
In credit liv'd as beaſts of chaſe.
'Tis infamy to ſerve a hag ;
Cats are thought imps, her broom a nag ;
And boys againſt our lives combine,
Becauſe, 'tis ſaid, your cats have nine.

FAVOLA XLI.

Il Persiano, il Sole, e la Nuvola.

Se mal v' è a forte un illuftre Poeta,
    Cui Febo ogni penfier ne l' alma ifpiri,
    Qual' or l' iniqua Invidia a legger viene
    Gli fpiritofi fuoi, robufti carmi,
    Tofto fi fdegna, ne fparla, e farnetica :
    Struggefi, e gonfie fon d' atro veneno
    Le fibillanti, e d' atra bava immonde
    Serpi d' Averno, ond' è il fuo capo avvinto,
    Quindi effa le venali fue compagne
    Da 'l cupo fondo de gli abiffi appella ;
    E i trifti fpirti di valetti in guifa
    Accorrono ubbidienti a' di lei cenni,
    E pronti al foldo de' maligni Critici.
    Deftar la fama ogn' or ha per coftume
    La calunnia, e' l difpetto ; in fimil guifa
    Debbe a la luce i fuoi natali l' ombra.

Si come un dì proftefo, e in atto umile
    Dinanzi al Nume, che ne arreca il giorno,
    Stava un Perfiano con divoto core,
    Prefe a invocarlo con sì fatti accenti.

Gran

FABLE XLI.

The Persian, the Sun, and the Cloud.

I S there a bard whom genius fires,
Whofe ev'ry thought the God infpires ?
When envy reads the nervous lines,
She frets, fhe rails, fhe raves, fhe pines ;
Her hiffing fnakes with venom fwell ;
She calls her venal train from hell :
The fervile fiends her nod obey,
And all Curl's authors are in pay.
Fame calls up calumny and fpite.
Thus fhadow owes its birth to light.

As proftrate to the God of day,
With heart devout, a Perfian lay,
His invocation thus begun.

Parent

Gran Padre de la luce, o eterno Sole,
Che il tutto scorgi, almo splendor diurno,
Fecondator del Mondo, i cui bei raggi
Spargon di Providenza i varj doni,
Le nostre laudi, e quelle preci accolgi,
Che non manchiam d'offrirti in ciascun giorno.
Con un benigno, e placido sorriso
Deh mostra il tuo favor su' nostri campi,
E fa che l' anno sia felice, e lieto.

Quivi una Nube, che giacea in disparte,
Burlandosi del suo parlare accorto,
D' invidia, e orgoglio tosto accesa, e gonfia
A l' improvviso d' atro, oscuro velo
Il dì coperse, e fuor di quella udissi
Tuonar in simil guisa un' alta voce.

Questo tuo Nume altero è debil molto,
S' io faccio, ch' ei non splenda a mio talento.
Così dunque i' dovrò di preci, e incensi
Rimaner priva ? fammi omai giustizia,
E a quel, che più n'ha il merto, or dà le laudi.

Mosso il Persiano all' or d' un caldo zelo
Così riprese la calunnia altera.
Quel Dio, che solo puote aver diritto
Su le mie preci, è quel che ti diè origine,
E t' innalzò là sù dal basso suolo.

Qual'

Parent of light, all-feeing Sun,
Prolific beam, whofe rays difpenfe
The various gifts of providence,
Accept our praife, our daily prayer,
Smile on our fields, and blefs the year.

A Cloud, who mock'd his grateful tongue,
The day with fudden darknefs hung ;
With pride and envy fwell'd, aloud
A voice thus thunder'd from the cloud.

Weak is this gaudy God of thine,
Whom I at will forbid to fhine.
Shall I nor vows, nor incenfe know ?
Where praife is due, the praife beftow.

With fervent zeal the Perfian mov'd,
Thus the proud calumny reprov'd.
It was that God, who claims my prayer,
Who gave thee birth, and rais'd thee there ;

When

Qual' or fopra i fuoi rai s' eftende un velo,
La tua foftanza conofciuta è meglio ;
E un' aura paffeggera, un foffio folo
Di picciol vento dilegua, e difperge
Le tue più denfe goccie, accolte infieme.

In così dire follevoffi un' aura ;
E 'l fofpinto vapore a l' improvvifo
Scherzo de' venti ne l' aere fi fciolge.
Il bel pianeta gloriofo all' ora
Rifchiara il giorno. In fimil guifa a punto
Vien men l' Invidia, e a pien riluce il Merto.

When o'er his beams the veil is thrown,
Thy ſubſtance is but plainer ſhown.
A paſſing gale, a puff of wind
Diſpels thy thickeſt troops combin'd.

The gale aroſe ; the vapour toſt
(The ſport of winds) in air was loſt ;
The glorious orb the day refines.
Thus envy breaks, thus merit ſhines.

FAVOLA XLII.

Il Padre, e Giove.

L' Uomo un dì le sue preghiere
    A espor venne al sommo Giove ;
    Chiesta al Nume una mogliere,
    A esaudirlo ei già si muove ;
    Ma non lascia d' istupire
    Del suo folle, insano ardire.

Che il Divino, alto intelletto
    Ben sa quanto incerto è il bene
    Di quel vago, amato obbietto,
    Cui l' amante aspira, e ottiene :
    Ma esaudite al fin sue voglie,
    Il buon Uom già presa ha moglie.

De la moglie non contento,
    Qualch' erede aver desia ;
    Quindi a un tal pensiere intento
    Nuove preci al Cielo invia :
    E graziar Giove lo vuole
    Di leggiadra, eletta prole.

Quanta

FABLE XLII.

The Father and Jupiter.

THE Man to Jove his fuit preferr'd ;
He begg'd a wife. His prayer was heard.
Jove wonder'd at his bold addreffing :

For how precarious is the bleffing !
A wife he takes. And now for heirs

Again he worries heav'n with prayers.

Jove

Quanta mai nel cor lo fteffo
   Non provò confolazione !
   Qual' or gli ebbe il Ciel conceffo
   D' affai grande afpettazione
   Due figliuoli, e una zittella,
   Del fuo amor cura novella.

Ma quì ancor l' Uom più fi fente
   Pel futuro il cor turbato,
   Ravvolgendo entro a la mente,
   Che nel Mondo fol ftimato
   E' il poter, che ogn' un fol prezza
   La beltade, e la ricchezza.

Giove, ancor per quefta volta
   Porgi, ei grida, a i prieghi afcolto:
   La mia prole, or quì raccolta
   Scorga amico il tuo bel volto ;
   E i figliuoi lieti e felici
   Sien di te fotto gli aufpici.

Che la prima mia fperanza,
   Il mio figlio prediletto
   Di Fortuna, e d' Abbondanza
   Effer poffa il caro obbietto :
   Fa ch' ei fia contento a pieno
   De l' argento, e l' oro in feno.

Quindi

Jove nods affent.   Two hopeful boys
And a fine girl reward his joys.

Now, more folicitous he grew,
And fet their future lives in view ;
He faw that all refpect and duty
Were paid to wealth, to power, and beauty.

Once more, he cries, accept my prayer ;
Make my lov'd progeny thy care.

Let my firft hope, my fav'rite boy,
All fortune's richeft gifts enjoy.

My

Quindi l' altro il core acceſo
Di miglior nobil paſſione,
S' affatichi ogn' or inteſo
A far paga l' ambizione ;
Poſcia d' un ſovran Signore
Acquiſtar ſappia il favore.

In tal guiſa a un gran potere
Il ſentiero al fin s'appiani ;
E d' intorno a ſe vedere
Poſſa in folla i Cortigiani,
Che, ſiccome han per coſtume,
Lui riſpettino qual Nume.

Al perfetto, e bel ſembiante
De la vaga Figlia mia
Dà le grazie tutte quante,
Dà ogni vezzo, e leggiadria.
Genitore in ver felice,
Se un dì ciò veder mi lice !

GIOVE a l' Uom già arride, e tutti
Compie i voti, e i deſir ſuoi.
Ma quai ſtrani, amari frutti
Da un tal ſeme ei colſe poi !
Quanto mai reſtò ingannato
In ciò ch' eraſi penſato !

Ecco

My next with ftrong ambition fire :
May favour teach him to afpire ;

'Till he the ftep of pow'r afcend,
And courtiers to their idol bend.

With ev'ry grace, with ev'ry charm,
My daughter's perfect features arm.
If Heav'n approve, a Father's blefs'd.

Jove fmiles, and grants his full requeft.

Ecco il primo ſuo Figliuolo
   Divenuto un ricco avaro,
   L' arti tutte iſtudia ſolo
   Di più accreſcere il denaro,
   E con grande affanno, e cura
   D' ammaſſar ogn' or procura.

Tutta al ſordido guadagno
   La ſua vita ha conſecrato ;
   E per far maggior ſparagno,
   Mai non vien da lui guſtato
   Un piacer, ma più co' gli anni
   Nel ſuo cor creſcon gli affanni.

O ſe dorme, o ſe paſſeggia,
   Quieto mai non ha un momento ;
   Co i penſier ſempre ei vaneggia,
   Nè mai trovaſi contento,
   Mentre iſtima a ſe mancare
   Tutto quel non può acquiſtare.

Quindi in brieve egli diventa
   Un meſchino da dovero :
   Fame, e ſete lui tormenta,
   Poi che trema al ſol penſiero
   D' impiegar in pane, e in vino
   Qualche picciolo quattrino.

L' altro

The firſt, a miſer at the heart,
Studious of ev'ry griping art,
Heaps hoards on hoards with anxious pain,

And all his life devotes to gain.
He feels no joy, his cares encreaſe,

He neither wakes nor ſleeps in peace;
In fancy'd want (a wretch compleat)

He ſtarves, and yet he dares not eat.

                  The

L' altro Figlio tosto ancora
    A i più eccelsi onor pervenne ;
    Già che desso di buon' ora
    L' arti tutte a scoprir venne,
    Con le sue maniere accorte,
    D' avanzarsi ne la Corte.

Quindi al posto più sublime
    Di potenza, e onore ascese.
    Ma giù poi da l' alte cime
    Cadde al basso e ogn' un sorprese
    Del suo umile oscuro stato,
    Cortigiano disgraziato.

Di buon' ora anche a la Figlia
    La beltà de' primi fiori
    Sparge il volto, e ne le ciglia
    Mette insoliti splendori ;
    Già brillar vedi le belle
    Sue pupille al par di stelle.

Ma divien ben tosto anch' essa
    Orgogliosa, gran Civetta :
    Qual' amante a lei s' appressa
    Già lo sdegna, e lo rigetta ;
    E suo onor, sua gloria chiama
    Dar tormento a ogn' un che l' ama.

Con

The next to fudden honours grew :
The thriving art of courts he knew :

He reach'd the height of power and place ;
Then fell, the victim of difgrace.

Beauty with early bloom fupplies
His daughter's cheek, and points her eyes;

The vain coquette each fuit difdains,
And glories in her lover's pains,

A a a 2

With

Con l' etade omai sen vola
   Appassita ogni bellezza.
   Viene quindi a restar sola,
   E nessun più quella apprezza:
   Via fuggendo ogni amatore,
   Lei negletta langue, e more.

Giove all' or, a cui palese
   Fu 'l dolor grave del Padre,
   E le voci d' esso intese,
   Che in oscure vesti, ed adre
   Contro il Ciel facea lamenti,
   Lui favella in questi accenti.

Da l' esterno solo aspetto
   Giudicare l' Uom mortale
   In ciascun creato obbietto
   Suole ogn' or del ben, del male;
   Ma non debbe un tal costume
   Seguir poscia il sovran Nume.

De l' Uom stolto l' ignoranza,
   Del mal vero, e vero bene,
   Al voler sommo, e possanza
   Forse regola a dar viene?
   Virtù cerca, e s' abbia questo,
   Providenza abbadi al resto.

I L   F I N E.

With age she fades, each lover flies,
Contemn'd, forlorn, she pines and dies.

When JOVE the father's grief survey'd,
And heard him Heav'n and Fate upbraid,

Thus spoke the God.   By outward show,
Men judge of happiness and woe:

Shall ignorance of good and ill
Dare to direct th' eternal will?
Seek virtue; and, of that possest,
To Providence resign the rest.

F I N I S.

TALE

When Jove the father's right unveil,
And bear high Heav'n and His expanse.

6. Thus judge the God. By outward show,
7. Men judge of happiness and woe;

13 Shall ignorance of good and ill
14 Dare to direct th' eternal will?
15 Seek virtue plant' of that paste;
16 To Providence resign the rest:

FINIS.

TABLE,

OF THE

FABLES contained in this VOLUME.

20. The